感动系列

踏步孩提时

——感动小学生的 100 个趣味故事

◎总 主 编：刘海涛

◎本册主编：刘庆儿 欧积德

九 州 出 版 社
JIUZHOUPRESS 全国百佳图书出版单位

图书在版编目（CIP）数据

踏步孩提时：感动小学生的 100 个趣味故事/刘海涛主编.
—北京:九州出版社，2006.1(2021.7 重印)
ISBN 978-7-80195-396-4

Ⅰ.踏... Ⅱ.刘... Ⅲ.儿童文学—故事—作品集—世界
Ⅳ.I18

中国版本图书馆 CIP 数据核字(2005) 第 131064 号

踏步孩提时:感动小学生的 100 个趣味故事

作　　者	刘海涛(总主编)　刘庆儿　欧积德(本册主编)
出版发行	九州出版社
地　　址	北京市西城区阜外大街甲 35 号(100037)
发行电话	(010)68992190/2/3/5/6
网　　址	www.jiuzhoupress.com
电子信箱	jiuzhou@jiuzhoupress.com
印　　刷	北京一鑫印务有限责任公司
开　　本	787×960 毫米　1/16 开
印　　张	14
字　　数	315 千字
版　　次	2006 年 1 月第 1 版
印　　次	2021 年 7 月第 3 次印刷
书　　号	ISBN 978-7-80195-396-4
定　　价	48.00 元

目 录

奇幻魔术棒

侦察金钥匙

智慧拼图

情迷芭芘屋

超时空绕赛

踏步孩提时

感动系列

奇幻魔术棒

踏步孩提时

人是大地的产物，该试着去了解宇宙，它会使你胸襟开阔，眼光远大……魔术棒为我们变出一个个太空的奇幻小说，给你品尝，让你幻想，领你创造。挥动魔术棒，丰富你的想像力吧！

现在，我们不断地研究新型机器人，目的只是为了满足人类的享受欲，而在未来的太空城，人类却要屈服于机器人，与机器人争饭碗，为机器人办事……

同室操戈

●文/星　河

虽然我脸上一直挂着不变的微笑，但心里却在咬牙切齿：我一定要亲手杀了他！

太空城是二十一世纪最先进和最整洁的空间城市，同时也是居住人类最少的城市。这里，大部分的居民是从事尖端科技研究的各种高级机器人，他们是我们全体机器人警察心中的骄傲。

远远地站在道口中心的那个警官正用准确优美的手语指挥着飞船和车辆，同时警惕地注视着每一起可能发生的罪行。在太空城，全能的机器人警察没必要有诸如刑警、经警、交警之类的明确分工，在这一点上，柔弱的人类只能望尘莫及。美丽的太空城是所有机器人的乐园，我们有责任用我们的钢铁身躯和电子元件来维护这种美丽，必要的时候甚至不惜献出自己的无机生命。

一群下班的机器人警察三三两两地从我身边走过，我用阴鸷的目光盯视着他们的步式和面孔上的号码。事实上，机器人能不知疲倦地连续工作无数个小时，直到在岗位上出现故障并无私地以身殉职。换岗只是为了定时例行检修，因为即使是行将就木的机器人也绝不会露出倦态！除此之外，换岗休息也是出于一种形式上的考虑，机器人协会规定所有从事公益事业的机器人都有领取报酬和休息的权利,这一规定充分体现了人机平等这一重要原则。

但是我没有发现什么疑点,那个企图在这里抢夺饭碗的家伙不在这群机器人之中。

我信步走到道口中心的那个警官身边。不会,他不会是的。我在心里说服自己,他的动作太规范了,他的态度也出奇地认真,人类是很难做到这一点的。但是我的警惕仍旧丝毫没有放松。

"你的指法玩得不错。"我夸奖道。

"那有什么用,长官。"他全身都转了过来,显得那么毕恭毕敬,其实我的官阶同他一样,都是倒数第二级。机器人和人可不一样,干得好也不可能加官晋爵,生来是几级,这辈子就永远是几级,"这又不是弹钢琴。"

看到他的脸,我大吃一惊,但我仍然保持镇静——机器人是不会改变自己的面部表情的。

"你怎么值勤时还带着个面具?莫非怕被别人认出来?"我自己都能感觉到这个玩笑里的隐隐刀锋。现在那刀锋正急不可耐地想要割开罩在他脸上的那张假面具。

"瞧您说的,长官。这二十四个小时是咱们机器人的万圣节呀,难道您忘了吗?我刚从机器人夜总会下来,那儿可热闹了。"他的回答依旧谦卑而不失从容,"这可是机器人大英雄奥托尼的形象呀。"

"啊,我读过那部著作。"我顿感自己多心了,"他早年为了挣够自己的修理费,曾以给人擦车为业。"

多年以前在地球上,为机器人的平等而争取来的节日在这里已经一文不值而徒具形式上的意义了。那会儿,机器人没有工作,人类生怕他们抢了自己的饭碗。于是机器人只能伪装成人的模样做些擦车之类的低级工作,可那又怎么可能装得像呢。想起往事,我心里暗暗发笑。

可我马上就笑不出来了。我为什么会忘记自己的节日?那是因为刚刚传来的电讯通知表明,有一个地球人披着一层金属外壳,混进了机器人警察的队伍,伪装成一个低等机器人,来抢我们的饭碗!而且,更可气的是,他居然使用了我的警号!

尽管这个抢夺饭碗的家伙选择警号完全是出于随机,但这不仅会伤害我的名誉,还会给我带来无限的麻烦——我会被强令开腔检查!幸好在他被及时发现并被全城通缉的时候,我本人正实实在在地站在局长对面,才有幸被局长在面门上重新打下了一个用于暂时识别的临时警号。

所以,我要亲手抓住他!

想到这里,我本能地抬头看了一眼,发现他一直在注视着我。

而他的警号,却被头盔遮住了!

顿时,我狐疑又起。

可他的手语实在太好了,简直与我不分伯仲。目前保留我们这些低等机器人的原因就在于还有一小部分飞船的驾驶员是人类,他们还习惯于手语引港而不愿接受机器人电波引港。他们是最后一批宇航员,而他们一旦退休,我们也就该退役了。真要是到了那时候,再有人想伪装成机器人到这里来谋职恐怕就不大容易了。想到这里,我心里禁不住一阵冷笑。

因此假如一个人真的想混迹于机器人导航员之中,他就必须把不能有半点含糊的标准手语先练个出神入化,此外别无选择。

"可以让我看看你的脸吗?"这时我的语调里已经充满了冰冷的金属碰撞之声。

不需要任何回答。尽管他的面部毫无表情也不可能有任何表情,但从他不安的举止中我已经明显地感觉到,在那张金属假面下,肯定是一张满是冷汗的肉脸!

就在他顾左右而言他的同时,我已在心中做出了如何行动的决定。

我瞅准机会,趁他不备照准他的脖颈就是一下。我这一招是从来不虚发的,效果颇佳。机器人十二个自由度的三十六根转轴都在那儿,一劳永逸——坏了,既然这小子不是机器人,那这一招杀手锏对他就不起丝毫作用了!

趁我一愣的机会他还手了,一脚踢向我的小腿,以拳直冲我的面门,我一下子乐了,真是不打自招,这明摆着都是对付人类的看家本领啊!看来他伪装的道行还不到家。

不过我最终还是没能制服他。当他终于把我压在地上并愤怒地质问我为何不放他一条生路的时候,我只有无奈作答:

"因为你会让我们——尤其是我——丢掉工作!"

"你们机器人也太过分了,我们一点儿工作都没得可做!你们做得太绝了!"他说这番话的时候几乎愤怒得要落泪,"我今天非毁了你不可,烧了你的电路板,砸烂你这身金属皮囊!"

说着他便撬开我的护胸板,但他马上就惊讶地住了手。

接着他又疯狂地去拧我的右臂,我的小臂像夏蝉脱壳般地脱落了,一种黏稠的鲜红色液体浸湿了他的双手。最后他拆去了我的面部护板,我勉强地冲他笑笑。

"看见了吗,朋友?所以我说你会让我丢掉工作。现在咱哥们儿想找个工作都不易。"

他沮丧地嘀咕了一句什么,似乎是说他本以为只有他这么高的智商才能想出这个主意而既然如此那就罢了同僚之间在砸饭碗岂非相煎太急之类的话,然后便头也不回地走了。

我很惭愧。

但是很快我便开始动手修复自己的伤处。他妈的,我诅咒这个不让人活的机器人乐园,但我还得为它卖命,直到被发现那天为止。因为我饿!

我记起一个古老的故事,说的是一个人为了养家糊口,装扮成猩猩在动物园里供人参观。不料,有一天,他在荡秋千的时候失手掉进了虎山,正当他害怕得浑身发抖时,老虎爬过来告诉他,自己也是人装的。

当我出现在局长面前时已经很平静地哼着小调了。局长先是安慰和夸赞了我一番,然后煞有介事地告诉我,局里已经决定为所有的机器人警官换配新的防伪电路板,在此之前当然要对每一个机器人警官进行严格把关喽。

"不过,在此之前我也要走了。"他平静地摘下面具,我惊讶地看着他那张泛着动人血色的面孔,"因为我是人,伪装了将近一年半,很对不起,欺骗了你这么好的机器人部下。"

人类的敌人是谁?

赏析/寿 司

太空城里的人类为了得到工作竟不惜假扮机器人,甚至于同类操戈。可笑的是,在未来的太空城,人类却要屈服于机器人,与机器人争饭碗,为机器人办事……这是怎样的一个社会?

随着社会的发展,人类不断地征服大自然,不断研究、制造新机械来对抗自然灾害。可是,我们是否清楚,我们的敌人究竟是谁?是大自然吗?是太空城的机器人吗?……不,全都不是,人类的敌人就是我们人类自己。我们为了生活得舒适,不断地研制新科技,不断地侵占大自然,致使大风扬沙,太空城异军凸起……这些"敌人",都是我们人类制造出来的。

假若,他只是聪明而没有地球人登上月球的知识,月球会幸免被魔鬼星侵占吗?

月球! 月球!

● 文/杨 平

这天傍晚,天刚黑,皮皮放学回来,骑车穿过一片树林。他刚结束一场惊心动魄的球赛,满头大汗,身上脏兮兮的。一班的那些同学以前老不服气,觉得皮皮所在的三班踢球不行,这次可算让他们心服口服了。四比一,而且他们一直压在二班的门前狂攻。皮皮自己也进了一个球,还是远射呢!不过现在他的心情可不怎么好,踢球一高兴,忘了时间,回家肯定要被妈妈骂。他不知不觉加快了速度。

突然,林间小道前方爆发出耀眼的亮光,伴着一阵剧烈的震动。"咣当!"皮皮摔倒在地,一半是震的一半是吓的。他艰难地抬起头,正好看到有个东西缓缓降落。

它就像个汉堡包,但大多了,周身散发出夺目的光芒。"这就是飞碟吧?"皮皮暗自嘀咕,他一时不知该怎么办,只是坐在地上看着。忽然,从飞碟上发射出一道白光,击打在他身上,他一头栽倒,晕了过去。

皮皮恢复知觉的时候,发现自己躺在一间空荡荡的房间里,连窗户都没有。他想起自己在回家路上被飞碟劫持,这里是飞碟内部吗?哇!他进到飞碟里面来了,太帅了!他爬起来四处打量,墙壁很平坦,没有灯啊按钮啊什么的,从里向外透着柔和的光。

忽然,有个声音在他脑子里说话:"不要怕,我是来自呱啦呱啦星的祖鲁，我是个科学家。"

"你要干什么？"皮皮有些害怕。

"做一些研究。请到客厅来。"那声音说。

墙壁裂开一个口子，露出后面的圆形通道。皮皮探了探头，小心翼翼地沿着通道走到一个大厅里。室内有一个大显示屏，可以看到地球表面的陆地、海洋和云层。"不用担心，我不会伤害你的。"那声音说。

"你不会拿我做实验吧？把我给解剖了？"皮皮还是不放心。

"啊，不会，当然不会。我只是想了解了解地球孩子的智力水平。"

智力水平？皮皮心头一紧，在学校里整天考试，没想到被外星人劫持后还要考试！外星人祖鲁要他坐在一把椅子上，把一个形状古怪的大头罩扣在他头上。"我不会被电死吧？"皮皮有点儿担心。头罩"嗡嗡"地响了一会儿，"啪"地一响，没声了。

"好啦，我已经对你的大脑进行了扫描。看来你们人类的智力水平没有多高嘛。"

"就这么一会儿就能知道我们没你们聪明？"皮皮很不服气。

"统计数据说明一切。你们大脑的褶皱程度比我们低百分之三十，脑容量低百分之四十。说真的，这样的大脑在我们那里就算是弱智了，出生后就要被杀掉的。"

"啊？"皮皮眼前发黑，"你们怎么这么残忍！"

"这不能算残忍。我们要求活下来的人必须足够聪明，至少是正常水平，否则我们的文明将无法在这么残酷的宇宙中生存。"

"我们地球人就不一样，我们相信，所有人都应该有权利活着。"

"是啊是啊，你们这个智力水平低下的种族偏偏有这样那样的说法。"

"好啦好啦，我说祖鲁，你能不能露面让我见一下？让我也看看高智商的外星科学家是什么样子的。"

"不行，我的样子肯定会吓坏你的。我们有自己的文明接触规则。"

"是啊是啊，你们这个智力水平极高的种族偏偏有这样那样的规则。"皮皮冷笑着说。

忽然，警报响了起来："注意！注意！发现魔鬼星飞船！发现魔鬼星飞船！"

"魔鬼星飞船是什么东西？"皮皮问。

"魔鬼星人是银河系中的强盗，专门抢星球，只要有他们在，一定有哪个星球要倒霉了！"祖鲁停了一会儿，"我和他们联系一下……好了！"

屏幕上出现一个面目狰狞的家伙："呱啦呱啦星飞船请注意了！我们要搬走第三行星的卫星，请你们立刻离开第三行星轨道！"

"啊？第三行星？那不是地球吗？卫星？那不是月球吗？"皮皮呜里哇啦地叫起来，"他们要搬走月球！他们要搬走月球！"

"那可不好，我对地球人的研究还没完呢。"祖鲁也不愿意，"我希望地球人还和以前一样生活，要是他们一觉醒来发现月球不见了，真难以想像会发生什么事情。"

"那请你帮我阻止他们啊！"皮皮着急地说，"你不是有很高的智商吗？"

"不行啊，我打不过他们，他们的人太多了！"屏幕上出现了一个太空舰队的编队，有几十艘太空船。

"让我跟他们说！"皮皮要求道。

"好吧，我看看你怎么解决这个问题。"

"嗨，魔鬼星首领，你好！"皮皮冲屏幕上的魔鬼星人说。

"你是谁？"魔鬼星人说。

"我是地球人……哦，就是住在第三行星上的人。"

"哦，你有什么事？"

"我听说你们要搬走月球，我们的卫星。我请求你们别这样做。"皮皮尽量显得有礼貌。

"为什么？"

"月球对地球人很重要。比如……比如……"皮皮使劲地想自己在学校里学到的东西，"比如地球上的潮汐就是受月球影响才有的，还有……地球人的生命节律也受月球影响。你把月球搬走，地球就要出乱子了！"

"这不是个很好的理由。"魔鬼星人晃了晃脑袋，"我不管你们地球人怎么样，我们要月球，我们就一定要得到它！"说完他就停止了通话。

"怎么办啊？祖鲁你快想想办法啊！"皮皮喊道。

"没有办法。我们从来不干涉魔鬼星人的行动，我们之间有和平条约，我可不想挑起呱啦呱啦星和魔鬼星之间的战争。"

从屏幕上看，魔鬼星飞船已经把月球团团围住，准备行动了。

"祖鲁，魔鬼星人什么样的星球都抢吗？"皮皮问。

"不是，他们只抢无主的星球。"祖鲁无精打采地答道。

"可月球是地球人的啊！"

"月球虽然是地球的卫星，但只有你们靠自己的力量先于魔鬼星人登月，才能声明月球属于地球人，否则它还是被看作是无主星球。这是银河系通用的规则。"

"可我们确实登上了月球！"

"哦？如果是这样，魔鬼星人就不能硬抢了，否则他们会受到银河系联邦的制裁……我再和他们联系一下！"祖鲁又来了精神。

一会儿，魔鬼星人的脸又出现在屏幕上："你说你们曾经登月，有证据吗？"

"当然有，我们留了好多仪器什么的在上面。"皮皮说。

"嗯……"魔鬼星人想了一会儿，"我需要见到证据，给你十分钟！"

十分钟，时间有些紧。皮皮喊道："祖鲁，你能接通地球上的图书馆吗？"

"当然可以，这很简单。"

"查一下人类登月的记录，找到他们登月的地点！"

"没问题，稍等……"祖鲁沉默了。皮皮焦急地等待着，时间一分一秒地过去。"找到了！"祖鲁兴奋地说，"一九六九年七月二十日，阿波罗十一号首次登月！我们这就去登月点！"

皮皮觉得飞船一晃，船身内传来机器的轰鸣声。他们很快来到当初阿波罗十一号降落的地点，可以看到有很多仪器还静静地待在那里。

"真不可思议，你们真的曾经登上过月球！"祖鲁说。

"真不可思议，你们真的曾经登上过月球！"魔鬼星人在屏幕上说，"可你们为什么不在月球建立基地，不继续向太空进发呢？"

"这个……"皮皮觉得有些不好意思，"我们觉得太花钱了。"

"啊！你们真是个奇怪的种族！"魔鬼星人说，"鉴于你们占有了月球却不再使用，任凭它闲置，我们将向银河系联邦提出请求，接管这个星球。一百年后我们还会来，那时，如果你们仍然没有开发月球，那月球就由我们来开发！"

魔鬼星的舰队远去了，太阳系内没有别的星球能引起他们的兴趣，他们将去很远的地方寻找新的、合适的星球。祖鲁把皮皮送回地球。

他们来到当初见面的地方。"好啦，你要回去了。我必须承认，在这件事上，你确实表现得很聪明。"祖鲁说，"看来我有必要改进我的统计模式。"

"我想统计模式并不能说明一切。"皮皮笑呵呵地说。

"也许吧。对了，你们为什么不向太空进发呢？就为了一点点钱的问题吗？飞向太空给你们地球人带来的东西要比你们现在的财富多得多！"

皮皮无话可说。"再见了，小家伙。不过我要抹去你的记忆……"这是他在飞船上听到的最后一句话。

皮皮坐在地上，自行车倒在一旁。他扶起车子，向家骑去。不知为什么，他总是忍不住抬头向上看。

天已经全黑，无数星星在夜空中闪动。

地球人的智慧

赏析/鱼 鱼

地球小朋友皮皮被外星人劫持了，怎么办？不用怕，聪明的皮皮还因此挽救了我们的月球。他用熟悉的地球知识破解了魔鬼星侵占月球的阴谋。自认为比地球人聪明的外星人也因此对我们地球人刮目相看。

这是皮皮的功劳。皮皮是靠他那机灵的脑袋瓜儿和丰富的知识才得以挽救月球的。假若他只是聪明而没有地球人登上月球的知识，月球会幸免被魔鬼星侵占吗？

我们要好好学习，不断积累知识。要知道，很多时候，知识是非常重要的。要不，下次当你被外星人劫持时，你能挽救我们的地球吗？太空的开发正等着你。

禁果是诱人的,惩罚是骇人的,禁果与惩罚,你的选择是……

卡拉星的植物园

● 文 / 郝天晓

我经常在想,就皮椰噜那皮球一般的身体,如果推他一下,是否会滚动起来呢?当他领着我在卡拉星的植物园里参观时,我又想起了这个问题。嘻嘻! 真有趣!

"你在干什么?"皮椰噜注意到了我的表情。

"这叫笑。"我解释道,"当地球人感到高兴时就会眼睛弯、眉毛挑、嘴角翘。"我不知道这样解释,对于没有眼睛、眉毛、嘴的卡拉星人能否听得懂。

"你们地球人可真特别。"皮椰噜不无羡慕地说。

"那你们卡拉星人是通过什么来表达喜怒哀乐的呢?"

"通过颜色,我可以展示给你看。"他领我来到一株上面结着一些黄茄子的植物面前,"它现在在睡觉。"

皮椰噜用手拍了拍它:"喂,挪丘,醒醒,醒醒。"只见那茄子逐渐变粉了。

"它醒了,粉色是挪丘的正常颜色。"皮椰噜继续用手拍打它,于是那茄子开始变红了,"它生气了,认为我无理取闹,打扰了它的午觉。"

"有趣。"我说。

"这种挪丘是我们的常用蔬菜。等它成熟后,通常都是紫色的——它最后的颜色。"

"那紫色代表什么呢?"

"极度的恐惧。"他说。

我感到一阵反胃。

之后,我们顺着一阵阵渺茫的歌声,看到了素有蔬菜歌唱家之称的莎比莎。

"莎比莎这种植物很奇怪,好像生下来就是为了唱歌而活着,从早到晚,从生到死。歌曲的旋律非常优美,但没人知道它们用的是什么语言,所以,那些歌词的含义也就永远不会有人知道了。莎比莎的生命力很强,通常端到餐桌上时,仍会听到她们的歌声。你一定听说过我们卡拉星的著名菜肴'安魂曲'吧!就是用莎比莎做的。当你用吸盘把它们身上的营养一点一点地吸过来时,它们的歌声就会越来越轻,越来越小,那种感受真的很享受。"皮椰噜把吸盘上的口水甩在了地上,"你想不想尝一尝,晚上可以……哦,对不起,我忘了你是没有吸盘的,真可惜。"

不过我倒是很庆幸自己不用去听垂死的歌声。

在我帮他把两株为争夺地盘而打得不可开交的"满地滚"拉开时,我说道:"你们卡拉星的动植物之间区分可真不明显。要知道,在我们地球,植物怎么可能会走,会说话呢?"

"这很正常,本来我们两个星球的生命起源就不同嘛!我们卡拉星的高级生物都是从植物进化而来的,而且这种进化现在仍然在进行着,谁也不能否认几千年后卡拉星的主人就不可能是这些莎比莎或'满地滚'。"

"那你们卡拉星人一定是这个星球上最高级的生命了?"

"可以这么说,不过,虽然我们已经有了几千万年的进化史,但现在仍然在某些方面保留着植物的特征。"

"好特别的星球啊!真希望下次能领我妻子一起来,她也很喜欢植物的。"

皮椰噜的身体变蓝了,我猜那一定是疑惑的意思。

果然,他问道:"妻子是什么?"

"妻子就是……"

嘟——嘟——

皮椰噜和旅行社总部的通讯器突然响了起来。

在他一顿叽哩呱啦后对我说:"很抱歉,总部突然有些事情要让我过去一下,等处理完了,我马上就回来。你先自己到处走走吧。"

这不是个旅游旺季,我转来转去也没遇到一个人,好像整个植物园就我一个游客似的。在一些一拍巴掌就会开屏的彩色植物旁边是一片小树林,每一棵树上都结着一个皮球一样圆的果子。这时,我发现了一棵结了两个果子的树,我走到这棵与众不同的树下面,伸手捏了捏其中的一个果子,手感很象西红柿。说实话,我真的是渴坏了,而那个果子看起来又是那么的多汁。偷吃一个应该不会被发现吧!当我把它摘下来时,它已经吓得发紫了。谁让你是低级生物呢,怪不得我喽!

我一口咬下去,一股紫色的汁液顺着它的表面流在了我的手上。软软滑滑的果肉翻滚在我的舌头和牙齿之间,甜甜的汁水滋润着我的咽喉,简直太美味了。在我狼吞虎咽地把果子吃到肚子里时,我听到了皮椰噜的脚步声,于是第二个果子得以死里逃生。

"真对不起,让你等得这么久。"

"再久一些也没关系。"我吧嗒了一下嘴。

"刚才我们说到哪了,对了,你说'妻子',那是什么意思?"

"妻子——嗝"我打了一个饱嗝,"首先你要知道,地球人是有男人和女人之分的。男人和女人彼此相爱,组建家庭,在这个家庭里面,男人的角色就是丈夫,女人的角色就是妻子。"

"那男人和女人的区别是什么呢?"

"区别有很多的,比如女人能生孩子,但男人不能……"

"我明白了。你有妻子,就说明你是丈夫,是男人。我们卡拉星人都能生孩子,就都是女人,是妻子。"皮椰噜似乎很高兴能想明白这个问题。

"就算是吧！"我想早点结束这个愚蠢的话题。

"你是男人，不能生孩子，真可怜！让你看看我的小孩吧！"说着皮椰噜向那片树林走去。

不知怎么，我觉得有些头晕。

"每年我们都会把生出的种子种在植物园里，看着它发芽、长大、结果。"

我浑身开始冒汗。

"四个月后，等它们成熟了，就能够走路、说话，离开种子树了。这批孩子的成熟时间还差一个月。"

我手脚已经冰凉了。

"给你看看我的孩子。"皮椰噜自豪地说，"我的种子树今年结了一对双胞胎，这个植物园惟一的一对双胞胎。"

我头撞在地上，昏了。

偷吃禁果的惩罚

赏析／刘庆儿

传说远古时，夏娃因一时贪吃而偷吃了上帝的禁果，结果，夏娃与心爱的亚当永别。现在，"我"也因一时的贪念而错吃了紫果——皮椰噜的子女，结果，"我头撞在地上，昏了。"人总以不同的借口来满足自己的一时贪念，却不用那聪明的脑袋瓜儿去想想满足贪念后所要受到的惩罚。禁果存在于我们身边，你能禁得住禁果的诱惑吗？如果不能，就想想偷吃禁果的惩罚吧！

凡事不要太较真,网开一面,对人对己都是一种轻松。

家政机器人

王涛已经在那台机器人前来回走了半小时,还没有决定买不买。牌子上写得很清楚:"最新家政机器人!十元钱领回家!"之所以这么便宜,据说是因为采用了某种特殊的技术,成本因此大大降低。王涛也没搞懂,反正电视上就是这么说的。

当第六个"无意中"经过他身边的女服务员问他需要什么时,他终于下了决心。家里的老式机器人已经太旧了、太容易出故障、噪音太响了、太……其实是因为面前的这台机器人实在太便宜了。

两天后,一辆响着音乐的彩车来送货。邻居们都好奇地看着,王涛得意地指指点点,领着送货员进了家门,把机器人组装起来。

"看起来确实不错!"妻子盯着机器人说。

"而且功能还挺多的呢……"王涛瞅着说明书,"它不仅能做家务,有保安功能,还有一个即时更新的数据库,你的那些奇怪问题它都能立刻回答出来……好家伙,它居然会弹琴!"

"十元钱?"妻子喃喃道。

"十元钱!"王涛斩钉截铁地答道,把手伸到机器人背后,打开电源开关,"你瞧,它还有一个遥控器,我们可以在一百米范围内唤醒它或让它休眠,还可以紧急呼叫它呢!"他拿遥控器在妻子面前晃了晃,按下一个按钮。

新机器人身上发出电机的"吱吱"声,频率越来越高,直到超过人的听力频率，听不见了。

"比那个老的声音小多啦！"妻子兴奋地说。

新机器人鞠了个躬："我是 XJO-09 家政机器人，会使您的生活更舒适、更有趣。和本系列以前的产品相比，我的使用更为方便、简单。我支持 V 形垃圾桶标准，支持即脏即洗标准，支持绿色居室标准……"

"好了好了，住嘴，以后慢慢说吧。"王涛说。

"是，先生。我发现您家中有一个旧型号的机器人，建议您把它关闭，因为它和我不是一个公司的产品，管理家务时可能会发生事故。"

王涛点点头，想伸手去关旧机器人的电源。

"我会替您做的，先生。我有很多新特性，其中一个就是能领会主人的形体语言和言外之意。"XJO-09 彬彬有礼地说，接着关闭了旧机器人的电源。

"好吧。"他搂住妻子的肩膀，"我们去看电视，你把它扔到地下室去，然后为我们做顿晚饭。"

"您确定吗？"

"什么确定不确定的？当然确定！"

"是，先生。"

七十四秒后，XJO-09 冲进客厅："我发现了很多问题，先生。这些问题如何解决需要您来确定。"

夫妻俩对望了一眼。"什么问题？"

机器人慢条斯理地说起来："您使用的垃圾桶不符合绿色 III 级认证，这会在分类及湮灭时产生过多的废物，建议您使用带有绿色 III 级证书的垃圾桶。另外，您的房子不支持即脏即洗标准，这样我的即脏即洗功能无法发挥出来，建议您更新卫生模块……"

"慢着，我是叫你去做顿晚饭呀！晚饭！明白吗？"王涛不耐烦地打断了 XJO-09 的话，"不要老拿这些琐碎的事来烦我！"

"但我必须征求您的意见，除非您授权我全权处理此类问题。在您授权后，我会看情况自己处理。"

"好！好极了！去啊！我授权了！"王涛没好气地嚷道。

"好的,这意味着此后我对房子里任何没有证书的东西都有处置权。您确定吗？"

"确定！当然确定！你要我说多少次确定？"

机器人鞠了个躬,转身要走。"喂！"王涛忽然想起一件事,"你自己到底有没有证书？"

机器人张开嘴,把舌头伸出来,翻转了一百八十度,露出带幻彩纹的合格证。

"真恶心……"妻子皱了皱眉,又开始看屏幕上那个悲泣的女子。

晚饭非常可口,夫妻俩都认为得到了一个物超所值的家政机器人。它优雅、体贴、语言丰富、办事快捷,只是有时稍嫌啰嗦。不过总的来说,妻子对王涛的这次投资还是十分满意的,十块钱！简直是做梦的价格！

第二天是周六,王涛从睡梦中醒来,懒洋洋地走到室外。机器人正在修理草坪,空气中都是青草的味道。以前的机器人就不会主动干活儿,什么事都要人去下命令,现在这个十块钱的玩意儿还真管用。王涛满意地回屋准备吃早饭,这时外面响起一阵声响。几辆运货车依次停在了他家门口,上面下来几个人,机器人指挥将许多箱子搬了进来。

"嘿！这是怎么回事？"王涛问领头的家伙。

"您的家政机器人替您订购了一批智能家具,都是带智能二代证书的。"对方答道。

"给我看看账单。"王涛一边看账单一边暗自咬牙切齿。这个死机器人,花了这么多钱。那个窗帘才买了不到两个月,只是因为没有证书就要换新的。还有他非常喜欢的跑步机,当初在黑市买的,只是因为没有合法手续,也被换成一台难看得要死的新机器。

"这些都是必须更新的。还有一批家具可更新可不更新,为了给您省钱,我就没有订购。"机器人恭恭敬敬地在旁边说。

王涛愤怒地冲机器人挥舞着账单:"你说这是省钱吗?天啊！你花光了我们过去五年的积蓄！"

"是的，"机器人不慌不忙地说，"不过您还有十年的积蓄没有动呢，而且我认为在未来一段时间内您的家庭不需要再添置什么家具了，我已经对您的家具配置作了优化。"

"最好是这样！"王涛气呼呼地走进房间去了。

这一天，王涛和妻子都在忙着适应新的智能家具，到晚上睡觉的时候，两人已经给弄得昏头昏脑。"微波炉是要先开启再选菜单的吧？"

"好像不是，它是自动开启的。环境音响才是先开机再选择的。"

"……"

周日早晨，王涛睁开眼睛的时候吓了一跳，机器人坐在他面前直勾勾地看着他。"天啊！你在干吗？"他问。

"我有个问题。"机器人说。

"见鬼！你不能等我们起床后再问吗？"

机器人只是看着他。"好吧，"他妥协了，"什么问题？"

"我检查过这所房子的每个部件，发现所有东西都是带证书的。"

"好，太好了！现在能让我睡觉了吗？出去时请把门关上！"

"我的问题是，"机器人把那张标准俊美的脸凑到王涛面前，"您，和您的配偶有出生证吗？"

"当然……"王涛揉着眼睛，"怎么了？"

"很好，我要求检查你们的出生证。"

"早就找不到了，谁还老留着这东西啊！"

"那就是你们没有证书喽？"

"那算是吧……"王涛忽然觉得不对劲，"那又怎么样呢？"

机器人如释重负地站起身来，冲门外招了招手，两个负重机器人冲进来，伸出机械手将王涛和他妻子抱起扛在身上。"我得到的指令是可以处置无证书的东西，"机器人对夫妇俩说，"而我的处置方式就是将无证的东西从这所房子里搬出去。"

"我们有身份证！"王涛艰难地抬头道，"身份证！我的号码是……"

"我要的是出生证，"机器人伸出舌头转了一百八十度，"就像我出厂时获得合格证一样。"

"让我打个电话……"王涛还想说什么，但家政机器人一挥手，他们俩就被飞快地送出了大门，一直送到马路上。两个机器人小心翼翼地把他们放在地上，走了。

所有的人，邻居、过路人、送报的小孩儿，都惊讶地看着他们。

在几次试图冲进家门失败后，夫妇俩叫来了警察，警察叫来了机器人专家，机器人专家叫来了出产家政机器人公司的技术员。技术员拿着遥控器走到门口一按，嘿，瞧，家政机器人老老实实地打开门走了出来。警察上去把机器人锁住，顺便拦住了准备砸烂它的王涛。

"真对不起，"技术员对王涛说，"我们忘记告诉您：这是属于'死心眼'类型的机器人，对这种机器人发指令时必须留有余地。"

王涛揉着被警察弄疼的手腕："那是你们专家的事！我希望用到一个可以随意使唤的机器人！"

"我们会给您免费换一台较容易使用的机器人。"说完，技术员习惯性地吐了吐舌头，将它转了一百八十度。

死心眼的后果

赏析／刘庆儿

家政机器人是一个工作负责的机器人，但它又是非常固执的机器人。一言一行都非得按指示去做，每一件家具都需要通过身份验证，一点儿转弯的余地都没有。最后还把没有出生证的主人赶出了家门……

尽责固然是好，但过于执著就会造成他人的困扰。家政机器人就是最好的例子。它不但没能帮助主人搞好家务，还为主人带来了许多麻烦，最后还霸占了主人的家。这是可笑的。死心眼的人做事只会朝一个方向前进，永远不会转弯，只会向前冲，结果常常会碰壁。不是吗？家政机器人最终不是被回收了吗？

凡事不要太较真，网开一面，对人对己都是一种轻松。

命运并不可怕，可怕的是自己向命运低头。

妖精的色彩

●文/李 琳

　　我是一个失去色彩的妖精，所以我被我的族类所抛弃，他们说我没有妖精那特有的象征——色彩。

　　我离开了妖界，离开了我的族类，离开了那个我长大的地方。虽然我在那里没有朋友，但是我多么希望能留下来，因为那里藏着我的身世之谜。

——题记

一

　　我一个人走着。自走出妖界后，我的手就开始慢慢变冷，接着是身体，直到我的心也变冷。渐渐地，我仿佛听到了死神的脚步声。原来，族类可以失去我，我却离不开它。我双脚一软，瘫倒在地上，失去了知觉。

　　"醒醒，你快点醒醒呀！"

　　我睁开疲惫的双眼，身旁正坐着一位翩翩少年。他的年龄看起来与我相仿，他的身上时不时地闪着淡蓝色的光，这色彩是妖界最高贵的象征。我惊异地看着他，怎么这里会有我的族类？他用那温情脉脉的眼神告诉我，是他救了我。那么，刚才唤醒我的，也是他了？天哪，我虽然被我的族类所抛弃，但他没有弃我于不顾，他……就在我欣喜若狂之际，他开口了："你不是妖精吧？"

"……"怪不得他会救我，我真是太天真了。

"你怎么会在妖界外呢？人类！"

"不！人类？天，我怎么会是人类，我和你一样！"

"怎么可能？"他的眼神依旧那么温柔，"你……"

"我是一个没有色彩的妖精！"我打断了他的话，委屈的泪水终于像决了堤的河水一样流出来。

他有些不知所措了，连连向我道歉，就像一个做错了事但又不知该如何解释的孩子。看到他那么紧张的神情，我破涕为笑，慢慢地把事情的来龙去脉讲给他听。

听完后，他舒展了眉头，把我揽入怀中，很认真地说："不要再为此伤心了，从今往后，我就是你的色彩；而你，则是我生命中最美的一束光。"

被这么一个刚刚认识的人抱在怀里，我并没有感到不安和害怕，反而多了些亲切和从未有过的安全感。

"跟我回去。"

"嗯。"

二

离妖界的距离越来越近，我的体温也在慢慢恢复，我再次证实了妖界对我的重要性。可是，就在通往妖界的门前，我却步了。

"我，我还是不要进去了，我是被赶出来的，再回去……"我下意识地向他望了一眼，他并没有看我，也没说一句话，只是坚定地握紧我的手，带我走进了那熟悉又恐惧的地方。

我看到每一个妖精都在怒视我，对我指指点点。

"快看，那个没有色彩的丑八怪。"

"有这样的同类，真是我们的不幸。"

"是呀，都被赶出去了还回来。"

我羞愧地低下头，胆怯地躲到他的身后。每当这时，他都会把我拉到前面，更加柔情地握着我的手，给我勇气。我一次次地对自己说，为了他，我一定要坚持下去。

我被他带到了妖界至高无上的宝殿，那是妖王居住的地方。到了那里，我发现所有人都对他毕恭毕敬的，我猜他的身份比我想像中要高，并且高很多。

妖王出来了，他坐在宝座上，向下望了一眼。顿时，他愣住了，从宝座上弹了起来，径直走到他身边，把他抱住："你终于回来了。"

"是的，父亲。"

父亲？我是不是听错了，他是妖王的儿子？妖王的儿子不是被魔王抓走了吗？这已经过了十几年了，怎么，怎么可能？

"你！"妖王看到站在他身后的我，"峰，这是怎么回事？"

"父亲，她是我带回来的。"他平静地回答妖王。

"她不是我们的族类。"妖王顿了顿说，"再说了，她已经被赶出去了。"

"可是，父亲，她……"

"不要再说了！"妖王大怒，"把她给我带下去。"

"父亲……"

"不要再求他了，我早就料到会这样，不过，能得到你的关怀，我已经很知足了，峰。"我松开他微微颤抖的手，跟卫士下去了。

在转身的一刹那，泪水模糊了我的双眼。

我已经被关了十几天了，峰一直没有来过，我并不怪他。这十几天里，我想了很多，我累了，是该休息的时候了，也许在离开妖界时，我就该休息了。

我打开那包妖王早就为我准备好的药，大大的包里面却只有一粒珍珠大小的药丸，它散发着淡淡的白光。连这小小的药都有它自己的色彩，而我身为妖精却没有，我真的很失败，不是吗？

我把药放进了嘴里。

"吐出来，快吐出来。"外面传来了峰的叫喊声。峰飞奔到我身边，努力摇着我的身子，药已被我咽了下去。

"峰，我……我们今生无缘，来……来世再见！"

"我不会让你一个人走的，你不会再孤单！我说过，我会永远陪着你。"

弥留之际，我感到一股温柔的气息正在向我慢慢靠近，直到一个柔柔软软的东西印在我的唇上。

刹那间，我的周围发生了很大的变化，在我身上闪烁出妖界最美的紫色，我又获得了新生命。

峰兴奋地紧抱着我，不断地叫着我的名字——紫琳。

一直在暗处默默地看着这一切的妖王无奈地摇了摇头，走了出去。原来，我是天使与妖精的女儿，为了惩罚他们，才把我的色彩封锁住，只有得到妖精的真爱，封印才可解除。

我是幸运的。

丑小鸭的美丽

赏析／猪 女

总以为别人的衣服是美丽的，总觉得自己的样子是丑陋的，因而自卑，自我放弃。这就是丑小鸭，也是故事中的主人翁——紫琳的想法。

我们总喜欢向命运低头，宁愿选择被人嘲笑，而不选择挑战命运，改变自己。丑小鸭见到美丽的天鹅后，明白了命运并不可怕，可怕的是屈服于命运，它勇敢地抬起胸膛，不再向命运低头，最终成为美丽的天鹅。妖精紫琳鼓起勇气，迎接一波又一波的困难，结果寻得真爱，夺回艳丽的色彩。

可见，命运并不可怕，可怕的是自己向命运低头。上帝是公平的，赋予每个人不同的力量，而能否把这些力量释放出来，就要看你自己的努力。我们"呱呱"落地时，面前铺着的都是一张白纸，白纸上美丽的图画就需要我们自己去刻画。想拥有一幅生动漂亮的人生图画，用你的双手云创造吧！

　　我向着地球的方向倒了下去，就在我倒下去的一瞬间，我拼尽全身力气，向茫茫太空喊道："我永远爱你，妈妈！"

挽救母亲的零兰花

●文/庄　琨

　　突发 RN 怪症的妈妈，在病床上已经昏迷了两天。

　　这两天，我一直守在妈妈的病床前，不时凝望着她那饱经风霜的脸庞，一遍又一遍地默默向上苍祈祷。

　　今天护士小刘给妈妈换了输液瓶后，陪我守护了许久。她说在遥远的零星有一种专治 RN 症的花，叫零兰花。"真的吗？"我一下子激动了，急切地问道，"它是什么样的？快告诉我！"

　　"我也不太清楚，只是有一次偶然听人说它是蓝叶、红花……可是，你没有办法去取到它呀！"

　　当晚，我为零兰花失眠了，经过一番考虑，我决定暂时离开妈妈去一趟零星。其实，去零星对我这个国际宇航中心的高材生来说，实在不是什么难事。只是我听说零星上有一种极不稳定的辐射线，它没有固定的辐射时间，每次辐射的时间虽很短，但能量却极大；人们还从观察中发现：这种具有辐射能力的物质，只有一次辐射性。但这究竟是一种什么物质，人们还未得知。这无疑对我是一个很大的威胁，而我的直觉也在冥冥之中告诉我：这次去零星说不定将成为我和妈妈的永别。但是我想起妈妈当年生我时难产，几乎丢掉性命，后来爸爸又抛弃了我们母女，她独立支撑着把我拉扯大，才累出一身疾病，我便不再犹豫了。

第二天一早，我做好了出发的准备。临行前，我含泪对前来送我的小刘叮嘱道："两天后你再来这里接我，如果只有飞船回来，那就请你以后帮我照顾好妈妈……"

"不，你别这么想。"小刘也哽咽着说，"你放心吧，我等着你平安回来……"

我进了飞船，按下自动飞行按钮。飞船启动升空后，一路都很顺利，我安全地到达了目的地——零星。它给我的第一感觉是——荒凉得近乎神秘，神秘得令人毛骨悚然。

它到处都是一片漆黑，使人感觉黑暗在将你包得越来越紧，它慢慢浸入你的每一个毛孔里。我为了驱走惊恐，看清地面，不得不打开了探照灯。

我正准备走下飞船步行去寻找零兰花，忽然发现在探照灯的光圈以上的地方有一点幽幽的红光。啊，那不就是我要寻找的宝贝么，我兴奋极了。

为了防止意外，我穿好流线型宇宙服下了飞船。虽然零星的引力比较大，但我还能够正常走动。我疾步走到零兰花跟前，仔细地观察着一株未开的零兰花。半寸来长的墨绿色的茎和蓝紫色的叶子，泛着幽幽的蓝光，花蕾则呈红色，神秘极了。我轻轻伸出手去摘，生怕它会因为受到惊吓而突然消失。

忽然，我手上拿着的零兰花在一瞬间开放了，花瓣舒展开来，光芒四射，美艳无比。而在它开放的一刹那，我感到自己的生理机能严重紊乱，浑身酸痛，我很快就意识到这全是巨大的辐射线造成的结果——这辐射线是我的宇宙服所无法抵挡的。我又明白了，原来零星上的放射物就是零兰花开放时绽出的红色花蕊，当它未开而还是花蕊时，花瓣又恰巧是阻隔这射线的最好防护罩。

几秒钟后，我不再有被辐射的感觉，但我却知道自己的生命快要结束了。我拿着已没有辐射的零兰花艰难地走回飞船，把它放在我坐过的位置上，然后在我生命的最后时刻把零星上的辐射之迷输入电脑，并在最后附上一句：妈妈，请原谅女儿离你而去，这全是女儿对您的爱。

这一切做完后，我感到自己快不行了，我用发抖的手按下了飞船的自动飞行按钮，关上舱门，目送飞船远去……

之后，我向着地球的方向倒了下去，就在我倒下去的一瞬间，我拼尽全身力气，向茫茫太空喊道："我永远爱你，妈妈！"

得 与 失

赏析/刘庆文

这是一场生与死、得与失的战争。在母爱的召唤下，"我"选择了奉献，这是"我"为母亲最后的奉献……

人活在世上，要面临许许多多的分岔口，这其中包括得与失的选择。我们总是希望两全其美，达到双赢。可上帝总是捉弄人，在你得到一样东西的同时，你总要给上帝奉上另一样东西来交换。天底下没有白吃的午餐，得与失贵乎你的选择。就像故事中的主人公，他认为用自己的生命去换取妈妈的生命是值得的，在得与失之中，他可以说是选择了失，也可以说选择了得。"失"的是自己的生命，"得"的是母亲的生存……

父母的一言一行,都是从子女的利益出发的。

超时空魔幻丛林

● 文/吴 岩

如果不是爸爸腋下夹着草帽,满头大汗地沿着田埂飞跑过来,我们谁也不相信出了这么大的事。他刚才还好好的,去县城的火车站接我城里的表妹来过暑假,可现在……

他磕磕巴巴,上气不接下气,过了好久才讲出一句完整的话:

"小华,小华她……她不听话,非要闯那片魔幻丛林不可!"

我们所有人的大脑顿时"轰"的一下,太阳穴上的血管"嘭嘭"跳动不停。

"你就……就没拦住她?"妈妈嚷道。

"我没拦住,她一下子就从我的腋下溜了过去,然后,就不见了。"

我们谁也没有再说话,任何语言都是没用的。表妹今年才九岁,她早就听我们讲过这片魔幻丛林。城里的丫头怎么就这么任性?不听话是城里孩子的特点,他们以为自己什么都行,什么都敢闯,唉!

大约过了两个小时,不知谁大喊了一声:"瞧,那儿! 她回来了。"

我们都转过头去,向被夕阳染红了尖顶的那片小树林望去。果然,一个步履蹒跚的小个子晃晃悠悠地向我们艰难地走来。她的个子与小华一般高,只是……

我们吓了一大跳,小华已经完全变样了,她满脸皱纹,举步艰难,右手还拄着拐杖。我的天,仅在魔幻丛林里待了两小时十五分钟,她已经整整衰老了七十岁!

科学家们乘坐的直升机是半夜到达的。那时,小华刚刚睡去,她喘气的声音那么响，嗓子里"呼噜呼噜"的，像堵着什么东西似的。

　　身体检查只好在她昏睡的情况下进行。我们围在一旁，焦急地等着大夫的检查结果。

　　"哮喘，心率衰竭，还有……不少其他的老年性综合症，我们看她恐怕……"

　　"她还是个孩子！"妈妈抢上前去急急地说着，"大夫，你们得想想办法救救这孩子！"

　　"行了，行了。"爸爸拉开妈妈，"让大夫和科学家检查吧！"

　　妈妈没好气地瞪了爸爸一眼，没有再说话。这时候，一个矮矮的胖伯伯转过身来，摘下那副高度近视眼镜，问："你们讲的那片魔幻丛林……"

　　"就在那边。"爸爸指了指黑暗中的丛林。可是，天上没有月亮，我们什么也看不见。

　　"没人进去过。"爸爸继续解释道，"您知道，这是村里传的老话，多少代了，从来没人敢进去，即便是叶子掉光了的冬天，我们也不从那里走，其实方圆才不到四里，可……是魔幻林子！"

　　胖伯伯点了点头。他丝毫不因为爸爸是个大老粗，就不仔细听他讲。科学家们正如我所想像的，是群慈祥的人。

　　接下来的一个小时，他们打起手电筒，由爸爸带路在丛林边缘转了半天，用些奇怪的仪器探上探下。

　　后来，他们回到屋里，开始讨论，激烈地争论着，在纸上写下公式和数字，又在那上面画出许多莫名其妙的渔网似的图画。我一点儿也听不懂他们讲的话，什么时间陷阱、四度空间、爱因斯坦相对论……把我搞得也困倦了。正在这时，守候在小华身边的大夫突然叫道："抽搐！她舌根后倒，得赶快抢救，不然就会憋死！"

　　第二架直升机是在凌晨降落的，有更多的科学家闻讯赶来了。小华还没有脱离危险，事实上她的肾脏已衰竭，稍有不慎就会死亡。记者们围住矮个子胖伯伯和爸爸，问这问那，没完没了。

　　"我没什么好讲的，一切都是推测。"胖伯伯用绒布擦着眼镜，慢慢地说,"地球表面有很多奇怪的地方, 比如百慕大三角区总有轮船和飞机失事,在美国的一块谷地里,人必须斜着站立才舒服,还有日本、印度、巴西等国家都有许多奇怪的地方。我们这里则是一片超时空丛林,简单地讲,丛林内部的时空序列与我们不同,它是紊乱的,人一进去,就会迅速受到影响,变老或变年轻……

"这就是当地人讲的魔幻丛林吗?"记者问。

"我想是。"

"这么说,小华变老了,也许另一个人进去可能会变年轻,嘿,我可真想试试!"那记者的话引起了一阵大笑。

站在中间的胖伯伯却没有笑,他紧紧盯住讲话的记者,像是要吃掉他。

"对不起,我只是开个玩笑。"

"不。"胖伯伯缓缓地说,"你提醒了我,我本该考虑到这一点,干吗不让这孩子重新退回森林,沿原路走回去呢?"

第二天下午两点,第三架直升机降落下来,一辆残疾人专用的轮椅被放了下来。这轮椅是特意改装的,由于小华行走不便,她只能坐在轮椅上。为了确保轮椅的运动,除了电动马达和转向器经过改制之外,还装备了一只具有记忆嗅觉功能的电脑。它可以循着小华昨天留下的气味把小华按原路带入丛林,当然,方向与昨天恰恰相反。

决定性的时刻终于来到了。全村人都放下手中的活儿走到了丛林边,记者们架好了摄像机和照相机。胖伯伯看着大夫把小华安顿在轮椅上之后,走到小华身边,对着她的耳朵大声说:"记住,小华,你千万不能离开轮椅,直到它走出丛林,它能帮你返老还童,懂了吗?"

小华终于点了点头。于是,胖伯伯按下电钮,小椅子慢慢地向丛林深处驶去。

之后的两个小时是我度过的最最漫长的两个小时。小华能够顺利地回到童年吗?她还是原来的小华吗?我们每一个人都捏了一把汗。

两小时十二分。

踏步孩提时

感动系列

两小时十三分。

两小时十五分。

两小时三十分。

……

已经明显地超过她头一次漫游丛林的时间了，可是小华仍然没有出来。

记者们，科学家们开始交头接耳。难道科学家伯伯的推测错了？如果小华仍然走上衰老之路，那……

两小时四十三分二十秒，忽然，树叶摇摆了一下，一个小姑娘拨开树枝奔跑而出。

"小华！"

小华终于点了点头。于是，胖伯伯按下电钮，小椅子慢慢地向丛林深处驶去。

妈妈第一个叫着冲了上去，所有人都蜂拥而上。

这的确是小华，还是那个瘦瘦的、梳一条粗黑辫子的大眼睛的小华。只是，她看起来个子比原先矮了一截。

"孩子，你怎么这么半天才出来？"妈妈抱住她，使劲儿地亲她的脸蛋儿。

她挣脱开，抹了抹脸，满不在乎地一撅嘴，说："我去逮蝴蝶了！"

这就是城里孩子那种讨厌的任性！幸好，她离开轮椅时已临近林子的边缘，要不然，也许会拐入另一条时间线路，变成一个婴儿，爬也爬不出来了！

自此以后，我们的小村庄成了世界上最火的风景名胜，我的表妹小华也成了轰动世界的名人。但是，无论怎样，再没有人被允许进入这片小小的丛林，因为它所隐藏的秘密至今仍然探究不清，这也就是为什么我们仍然称它为魔幻丛林的缘由。

淘气惹的祸

赏析／刘庆儿

　　小华不听大人的话闯进了魔幻丛林，出来后变成了老态龙钟的婆婆，而且还患有严重的肾衰竭……这便是小华淘气的苦果——失去了青春，受到病魔的侵袭。

　　我们常觉得大人的管束就象一个铁笼，把我们牢牢地困住，与外界新鲜、有趣的事物隔离。因此，一旦我们远离大人的视线，总是想去做大人们千叮咛万嘱咐不要去做的事，甚至还会去冒险。最终，我们得到的是惨痛的教训。

　　父母的一言一行，都是从子女的利益出发的。所以，乖宝宝们，任性的时候，先要想想事情的后果，不要乱闯祸惹父母伤心哦！

我的心已经脱去高傲的外衣，变成了我自己也无法领会的样子，也许，我最不了解的是我自己吧。

雪冉公主

● 文/圣麦乐乐

　　我习惯地倚在窗前看那碧蓝的天空和飘拂的白云，心里却不由得空虚起来。天空偶尔掠过的雪鸟总能让我的心头激起一丝痛楚，因为，我不能像它一样翱翔于天空，我没有自由。

　　想想自己身份，就忍不住大笑起来，是绝望的笑，笑得如此凄惨，如此无奈。我，雨琳，魔界雪冉城惟一的公主，自幼是父母的掌上明珠，从小受到溺爱，当年幼无知的我出现在众目睽睽之下时，迎来的是一群羡慕的眼神。他们羡慕我荣华富贵的生活，羡慕我至高无上的地位。我呢，也居高临下，装出一副得意洋洋的模样。可又有谁知道在傲慢的假面孔背后藏着多少鲜为人知的辛酸。

　　作为雪冉城堂堂的一位公主，却从未得到过伟大的父爱，我想谁也不会相信。可事实确实是如此！从小，我对父王的印象就模模糊糊，因为他很少来看我，即使来了，也说不上两句话就走。给我记忆最深的只有他紧锁的眉间和远去的背影。整个童年，都是母亲陪我度过的。她教我弹琴，教我跳舞，教我每个公主所应具备的一切。我很喜欢，喜欢母亲教我时那和蔼慈祥的脸庞，让我觉得如此亲切。和威严的父王截然不同，也许这就是父亲与母亲的区别：一个慈祥，一个威严。

当我长大一些的时候，在我与父王的谈话中，就多了"魔法"这个字眼。小时候，我对它略有所闻，魔法是魔界每个人所具有的一股很强大的力量。父王建议我开始练习魔法，对于这个新奇的事情，我充满了好奇心，萌发了一种跃跃欲试的感觉。正当我阅览着脑海里出现的一些幻想的时候，一直在旁沉默的母亲突然开口了："她还小，恐怕学起来有些困难，让她再大点再学吧。"

我没想到一向支持我的母亲会拒绝。我抬起头，疑惑地看着她，像在祈求答案似的。母亲在我无声的质疑下，还是面带微笑，一脸的慈祥，丝毫没有改变。

父王听了，严肃地反驳道："她都已经这么大了，也是学习的时候了，我相信她能很轻松地学会。"

"这……我担心……"

没等母亲把话说完，父王就大吼："好了，这件事情我已经决定了，谁也别想改变主意！"说完就不耐烦地把手放在身后，大步离开我的房间，留下了神色忧郁的母亲和被吓傻了的我。

父王的话像晴天霹雳般震撼着我和母亲，因为父王从来没有对母亲发过火，从来没有！就连遇到了不顺心的事也不会，至少我没有看到过。

我注视着母亲的双眼，问她父王是怎么了。母亲淡淡地笑着告诉我，也许父王遇上了什么不顺心的事了吧。说得那么不以为意，像是没发生任何事情一样。但她回答时把头微微地低下，好像在逃避我的眼睛似的。我明白，那根本只是一个借口而已，一个离谱的借口而已。但想到母亲一定有难言之隐时，也就没有再追问下去，只是小孩子似的应和着。

很多年后，我才从一些侍女的议论中明白并体会了母亲当年的难言之隐，父王有了侧室。我做梦也想不到这就是父王对母亲发火的原因，他竟然爱上了一个妖艳的神秘女子，甚至为了这个女子而抛弃了母亲！

之后，在我的房间里就多了一位陌生的人，他就是父王派来教我魔法的乔天连。他有着一张很普通的脸，每天都披着那件紫色的袍子，当风灌满他的两个袖口时，看上去，他就像一位很了不起的英雄，威风得很。惟一让我感到惊讶的是他湛蓝的长发，蓝得让人发晕，在这一点上，连身为一国之君的父王也输给了他。我问他，我什么时候才能有像他那样蓝的头发，他只是摸着我的头，微微一笑："傻孩子，只要你勤奋地练习魔法，总有一天会拥有比我更蓝的头发！"虽然是初次见面，可对他的话我是如此地信服，就像小时候我信服母亲一般。

后来我才明白为什么乔天连的头发那么蓝，而我的却毫无光彩，是因为他具有强大的魔力，而我，只是一个不懂魔法的小毛孩——头发蓝色的深浅象征着一个人魔力的强弱。

学习魔法的第一天，我早早地起床跟随乔天连去后花园开始练习魔法。在通往后花园的小路上，桃花瓣随着风飘落下来，如粉色的彩蝶在翩翩起舞，这美丽的景色像是在预兆着我的成长。今天，当旭日从地平线上冉冉升起的那一刻，预示着我已不再是躲在母亲怀里哭泣的小丫头了，而将成为雪冉城惟一的公主，一个真正长大的公主。这条路似乎很漫长，走了很久很久，我们才到后花园。

到了那儿，乔天连仍旧一言不发，只是用一种不同寻常的眼神望着我，那眼神好像蕴涵着他复杂的心情，虽然离他那么近，可我却还是琢磨不透。

"开！"忽然，乔天连喊了一声，然后，只见他抬起右手，对着一块假山上的石头伸出食指，嘴里念念有词，很快的，他的食指尖就闪着蓝光，正当我全神贯注地对着他的指尖看的时候，只听"轰隆"一声，那假山石已经被分成了两半。"棒极了！"这是我目瞪口呆后情不自禁脱口而出的话。今天是我第一次看见有人施魔法，也是第一次发现魔法有如此强大的力量,如此的神奇。乔天连还是保持原来的姿势,完全没有受身旁那个傻了眼的小女孩影响。他又喊了一句"合",不一会儿,假山石又合在了一起。

看他放下了那双在我眼里神奇得无法想像的手,我马上飞奔到他身边,恳求他说:"乔老师,能教教我吗?"在他面前,我总尊敬地叫他"乔老师"。他只是微微一笑,如母亲一样的微笑。他把一卷牛皮纸放在我的手心,叮嘱我今晚认真阅读。我原以为他会把他的所有绝学都传授给我,可他似乎没感觉到我的责备似的,还是笑着,摸着我的头,像大哥哥对待小妹妹一样。临走前他告诉我,这是学习魔法的第一步。我望着他渐渐远去的背影,心中充满了疑惑,但想到他是除了母亲之外我惟一可以信任的人,我还是决定照着他的话去做,就像妹妹听从哥哥的话一样。想到这儿,我便迈着轻盈的步子回房间了。

下午,我解开红丝带,翻于那张牛皮纸,只见那上面记载了开、合、变、起等基本的魔法咒语。虽然只是些基本的魔法咒语,但当我在读这些拗口的咒语时,心里还是不免有些激动,因为,因为我这是在念神奇的魔法咒语耶!当时我竟然还愚蠢地想:学习魔法原来是如此简单,根本不像母亲说的那么困难,请魔法老师也许也是多余的,只要背出咒语,就可以掌握并施展魔法。想到这儿,我不禁高兴得在床上活蹦乱跳,与平时的文静高贵判若两人,我喜欢那时的我,快乐得如此自然,还带有一些野性,也许,这就是我追求的理想生活吧……

晚上,我借着微弱的烛光又把那些咒语看了看,然后试着背诵,也许,对于普通孩子来说,这只是小事一桩,可是,对于我这个从来没有吃过苦头的孩子来说,简直比登天还难。直到夜深人静,脖子发酸时,才马马虎虎地背出魔法咒语。"嗨,什么事情都没有想像中的那么简单。"这是我自己领悟到的第一条比较满意的哲理。

那天,我睡得很香,因为我长大了。我的心已经脱去高傲的外衣,变成了我自己也无法领会的样子,也许,我最不了解的是我自己吧。

踏步孩提时

感动系列

37

迈出成长的步伐

赏析／DAN

　　小朋友，你可曾幻想过自己是一位漂亮的公主或者是一位帅帅的王子呢？其实，当你"呱呱"落地时，你已经是父母心中的王子、公主了。我们在父母的怀抱里牙牙学语，在爸爸妈妈的关爱中蹒跚学步，就像故事中的雪冉公主，在妈妈的慈祥微笑中慢慢长大。然而，你又能像雪冉公主般，在父母的纷争中学会谅解，懂得成长吗？别再埋怨你的爸爸妈妈了，大人们总有大人们的烦恼，我们是否应该学会拿起自己手中的武器，独自上路斩去挡在我们面前的荆棘呢？小朋友，让我们一起成长吧！

天空中充满奇幻、迷人的风光，魔法飞行日，其实才刚刚开始。

魔法飞行的一天

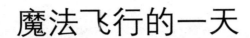

● 文/肖定丽

早晨，林林打了一个哈欠要起床，发现身子轻飘飘的，想站起来，却一直浮到天花板上。

"妈妈，爸爸，我飘起来啦！我飘起来啦！"林林大喊。

没想到爸爸从窗外探过头——八楼的窗外呀，朝林林喊："从窗户里飞出来！"

飞？我会飞？林林大吃一惊。

林林糊里糊涂地试着一扭头，身子果然朝窗户飞去！奇啦！

刚飞出窗户，爸爸妈妈张开手，像抓一只气球一样，一人抓住林林一只胳膊。爸爸妈妈的另一只手抓着阳台上的晾衣架，像要晾干林林。

再看看外面，有的人抓着树枝，有的人拼命地搂住电线杆，院子的葡萄架上吊着三四个人。有人尖叫，有人呼喊，有人哭，有人在哈哈大笑。

"妈妈，我是不是在做梦，你掐一下我吧。"林林说。

妈妈摇摇头说："我没法掐你。"

的确，妈妈的两只手都在忙着。

爸爸扭脸问林林："你是怎么飞起来的？"

林林说："我……我就打了个哈欠呀。"

爸爸说："我是清嗓子，咳了一声，也就是一声，就飞起来了。"

妈妈说："我没打哈欠，也没清嗓子，跟平常一样，正打算去厕所呢，走着走着，脚就离开了地。我想去厕所呀。"

但她不敢一个人飞回去。

爸爸朝左右望望，神色凝重，压低嗓门说："看来，地球是翻了个身！"

"孩子他爸，你说啥?！地球它……"妈妈惊天动地地大叫一声。

"嘘——"爸爸朝她使眼色。

妈妈极力想控制自己，她是一个自制力差的人，憋得下巴直抖，她终于假装想上厕所，流起泪来："厕所……我的手没力气了。林林呀，你还这么小……"

妈妈捏着林林的手，泪水直往下滴。她的手比刚才滑多了。

与此同时，周围的邻居们，他们抓东西的手也渐渐地松了劲儿。

完了！大家要一同掉下去了，天知道要掉到哪里！火星，土星，太阳系……宇宙多大呀，够大家掉的。

这会儿，想哭的人很多。

正当大家绝望的时候，天空中忽然响起一个宏大的声音："这是魔法飞行的一天，不会飞的人们，尽情地飞吧！"

飞吧——飞吧——飞吧——

他那奇特的声音在空中回荡着，就是没法看见他在那儿说话。

短暂的沉默后，大家明白了是怎么回事，狂呼大叫，撒开手兴奋地飞向天空。

由于飞得太急，爸爸的头和邻居于大伯的头"咚"地撞在了一起，痛得嗷嗷直叫。这下冲击力不小，爸爸打着旋儿直朝一棵大树撞去，"呼啦啦"一阵巨响，他被紧紧地卡在树杈里。爸爸是个大胖子，肚子出奇的大。

"爸爸，我来拽你出来！"林林飞到爸爸身边。

爸爸昂着头，眼睛忽然直了，他指着天空惊叫："看，你妈妈她……"

妈妈像一支利箭，并手并脚直刺天空，眨眼间变小了。

"这样的速度,她会飞到外太空的!这个傻瓜,一点儿都不会控制,真是没飞过。"爸爸在树杈上着急地说。

他自己飞得也不怎么样。

妈妈还没上厕所,但愿外太空有厕所。

"一二三!"林林用力拉扯,爸爸的裤子撕掉了一块,才脱离了树杈。他甩开林林说:"我去找你妈妈,你记住:飞得比树梢高点儿就差不多了。"

林林可以悠闲地飞了。

飞,是林林做梦都想的事哟。

"嗨,林林!"一个女孩的声音在叫着。

哎哟,这不是五号楼的妮妮吗?文文静静的妮妮这会儿骑着一头猪,还是黑白相间的花猪,花猪摇着尾巴,胖脸上堆着笑,像在说:"咱是飞猪哩!"

"这猪不错呀,哪来的?"林林问。

妮妮撩开在空中乱飞的长发,细声细气地说:"空中捡的呗。"

"空中捡的?"林林不相信地转头四下里看,嗬,飞得高了才知道,天空中飞的什么都有啊,有猪有狗有猫有鸡有鸭有鹅有老鼠,不会飞的动物今天都在天上,咦!还有一头大奶牛,奶头上正往下滴着奶汁。我猜想它飞行前正挤奶来着。

"想捡猪吗?"妮妮问。

"捡条狗也行。"林林说。正说着话呢,一条斑点狗散步一样地飞过来。林林叉开两腿,一屁股坐在斑点狗身上。斑点狗倒很乐意,林林骑在它身上一点儿也不显分量。

妮妮骑着花猪和林林并排飞着,不好,一阵大风刮过来,把林林和妮妮吹了个头朝下。"呀!"妮妮一把扯住花猪尾巴。

"吱——"花猪痛得失声尖叫。

"妮妮,用两腿夹紧猪肚子!"林林指挥妮妮。

林林的腿快把斑点狗夹成热狗了。

花猪和斑点狗四脚朝天,却丝毫不害怕。

"劈里啪啦！"有什么东西擦着林林的鼻子掉了下去。

就听有人叫："我的钥匙！我的钱包！我的手机！"

那人也擦着林林的鼻尖飞下去。

林林马上调整，把自己正过来，妮妮也学他的样子做。林林摸摸自己的口袋，里面的四枚硬币和快要收集全的金刚卡不见了。早知道今天要飞，穿上带拉链的口袋裤才好。

"看，有人在空中捞东西。"妮妮说。

可不是，有几个人脱下自己的衣服，头朝下抓捞上面掉下来的东西，东一捞，西一捞，像是渔翁。捞着捞着，他们争抢起来，在空中挥起拳头，结果捞到的东西全都掉了下去。

警察飞过来，把两个打架的人用手铐铐在一起，一个铐左手，一个铐右手。因为今天是魔法飞行日，所有的人都在空中飞，回不到地面，那两个打架的人，只好在空中带着手铐飞了。警察气呼呼地教训他们说："百年不遇的魔法飞行日，被你们搅了。不行，得加倍处罚你们！"

　　警察一恼，又把他们的脚缚在一起，他们像连体人一样，一个飞到哪里，另一个也飞到哪里。大家都看着他们笑，他们自己也笑了。警察呢，自管飞他自己的去了。

　　林林和妮妮飞到一个地方看热闹去了，好多人都在那围观呢。原来是一个婴儿在飞，穿着纸尿裤，嘴里还一股一股地流口水，他妈妈在旁边给他讲画报上的故事。飞着讲故事，婴儿的妈妈可是平生第一遭。

　　林林和妮妮一直往前飞，一直往前飞，经过沙漠，经过冰川，经过别的国家，现在，他们飞行在波涛汹涌的大海上。

　　小心！魔法飞行日要结束啦！海里有鲨鱼！有人告诫。

　　别逗啦，谁不知道，鲨鱼这会儿也在天空云游呢。

　　魔法飞行日，其实才刚刚开始呢。

奥秘，由我探索

赏析／张静敏

　　小朋友，你也曾幻想过自己会飞吗?《魔法飞行的一天》可以满足你飞行的想像！因为飞行，天空中充满奇幻、迷人的风光，如：奶头上正滴着奶汁的奶牛，空中抢东西的人们，会飞的花猪和斑点狗等等。文章极具趣味性，同时也留给读者想像空间。小朋友，张开你想像的翅膀，勇往直前，生活就会变得多姿多彩，美妙无比！

一切艰难困苦，公主都用自己坚强的意志去面对。在这里，纯洁、高贵的天鹅就是美丽而勇敢的公主的象征。

天　鹅

●文/佚　名

　　从前有个国王，他有十个儿子和一个女儿，女儿名叫艾丽莎。他们都是非常好的孩子，不幸的是，他们的母亲突然去世了。国王又娶了一个新王后，她是个坏女人。

　　国王很爱王后，她利用这一点，把十个儿子全赶走了，又用魔法，让他们变成十只天鹅飞到很远很远的一片大森林里。接着，王后又找借口赶走了艾丽莎。艾丽莎十分伤心，决心要找到她的十个哥哥。

　　历尽千辛万苦，她终于也来到了那片大森林。夜幕已经降临，她就在一棵大树下睡着了。天亮了，她遇上一位老太婆。老太婆给了她一些食物，并问："你到这片大森林来干什么呢？"艾丽莎说："我是来找我十个哥哥的，你见过十个王子路过这里吗？"老太婆说："我今天早上见过十只天鹅，他们头上都有像王冠那样的金色标记，说不定他们就是十位王子变的。"接着，老太婆领着艾丽莎来到海边。在海边，艾丽莎见到了十只天鹅，可惜他们都不会说话了。"你想救你的哥哥吗？"这时老太婆已变成了一位漂亮的仙女。艾丽莎说："是的，我一定要救我的哥哥。"仙女说："你很勇敢，请你记住，去找那些金色的荨麻，把它们泡在水里，然后把皮剥下来，在水里浸许多次，然后把它们织成布，再做成衣服，你必须亲手做十件，一个哥哥一件。而且你不能说话，等最后一件衣服做成后，才可以说话，在此之前如果你说了话，你的哥哥就会死去。"为了哥哥，艾丽莎拼命干活，很快做成了六件。

44

　　附近一个国家的国王，发现大森林里有这么一位年轻、美丽的女子，就天天来到艾丽莎的身边。因为她一直不说话，国王很难过，一天，国王终于对她说："你做我的王后好吗？"艾丽莎哭了，她不能说话，只好抱着荨麻走开了。国王很体谅她，让她抱着荨麻和六件衣服到王宫里去。这样，艾丽莎就离开了森林住进了王宫。她看见了她的哥哥们常常在王宫上飞，她知道，哥哥们很想念她。国王的弟弟很坏，他想当国王，但国王娶了艾丽莎以后，就会有太子，那么他再也当不上国王了。

　　艾丽莎每天都在织衣服，又织好两件后，荨麻没有了，恰巧，国王外出，便由弟弟代理国王。他发现艾丽莎每晚出去，就对大臣们说："王后不说话，因为她是一个女巫，为了我们的国家，必须在国王回来之前，把她杀掉。"大臣们都同意了。艾丽莎也只剩下最后一件衣服没做好了。那时，国王正在骑马回城的途中，只见一只天鹅飞下来，落在他的马头上。国王发现了天鹅头上的标记，他想起来，这是神鸟，王后跟他回宫后，总见这些天鹅在宫中飞翔，一定是王后有什么事，于是，他加快速度，向宫中飞跑。天鹅也在他头顶上叫着。

　　艾丽莎又干了整整一夜的活，她被人带出王宫。王宫前的空地上，木柴已经架好了。他们要烧死王后。一个人拿着火走过来，一只天鹅飞下来，把火扑灭了。火又一次被拿来，天鹅又一次飞下来把火扑灭。最后，去了许多人，才把火拿来了。艾丽莎抱着做好的衣服，来到王宫前的空地上。国王回到城里，看到许多人聚在王宫前，忙问："你们在干什么？"国王推开人群，发现十只天鹅都站在艾丽莎身边。

　　"这是王后。"

　　"火！"国王的弟弟吼道。

　　国王明白了，他们要烧死王后，他冲过去。他的弟弟又在大声地喊："烧死她！"这时，艾丽莎将织好的衣服抛到天鹅的身上，他们立即站了起来，变成了十个年轻的王子。王子们跑过去，抓住国王弟弟的手，喊了一声"一、二、三"，把他扔到火里去了。

　　国王拥抱着王后。他说："现在对我说话，我的美丽的王后。"艾丽莎笑了，她说："非常感激你，我亲爱的国王。"

不久，那个坏女人被赶出了宫廷，因为十个王子都已经长大成人，他们重新回到父亲的身边，帮助父亲治理国家，把国家变得像花园一样美。

做事贵在持之以恒

赏析/黄珍珍

这篇文章的题目是《天鹅》，作者却通过写天鹅的命运来反映公主做事持之以恒的可贵精神。

可怜的公主为了救自己同样可怜的哥哥，不仅要找到金色的荨麻织成衣服，还要在织好衣服之前忍受不能说话的痛苦。但是，美丽的公主在困难面前并没有退缩，更没有放弃。为了自己亲爱的哥哥，公主一直紧紧地闭着嘴不说话，手也一直不停地织啊织。特别是当国王的弟弟要将她置于死地的时候，面对死亡，公主还是一直在织着衣服。最后一刻，皇天不负有心人，衣服终于织好了，公主救回了她的十个哥哥。

一切艰难困苦，公主都用自己坚强的意志去面对。在这里，纯洁、高贵的天鹅就是美丽而勇敢的公主的象征。美丽的公主一心一意地挽救哥哥，坚持为哥哥织衣服，终于战胜重重困阻，迎来了幸福的生活。

世上没有不劳而获的东西，那些精美的文章都
是作家们绞尽脑汁想出来的，都是他们的心血。想
不动脑，就能有出色的作品，这是不可能的。

写作机器

● 文/[法]彼埃尔·伽马拉

　　我即将去南极考察，在那里要度过漫长并远离尘世的两年时光，
所以当然不能对奥涅尔不辞而别。此人大名鼎鼎，照片经常在报上露
面——那是一张典型的学者脸，闹不清是心不在焉还是全神贯注。一
颗光秃秃的大脑袋，配上小鼻子和乌黑的小眼珠，总是春风满面和你
套近乎，让你无法分清他是在开玩笑还是严肃当真。不过，奥涅尔的
确是世界上最最和善的人。

　　他把我带进乱七八糟的工作室。我告诉他要出发远行并介绍了
南极考察计划。奥涅尔很有礼貌地听我说话，不过他那副样子就像我
只是去走走亲戚而已。听着听着他突然转身从桌下拖出一个黑匣子
放到我面前，随手又把桌上乱糟糟的大批纸张捋往一边。

　　"看吧，"他郑重其事地说，"我到底搞成功啦！"

　　我的眉心拧成老大的疙瘩。

　　"你说什么？这匣子是干什么用的？"

　　"怎么？连我对你说过的写作机器都想不起来了吗？"他相当气愤地
责问。

　　我想这只能怪奥涅尔脑袋里的新奇念头太多，让我应接不暇，于
是随口敷衍说："噢，你是说已经把那台机器搞成啦？"

幸福的笑容在他的脸上绽放："是的,是的,我成功啦! 这是一台能写出名家杰作的机器。只要向它下达指令,立马就能一挥而就,我特别为它的快速而自豪。"

"它到底有多快?"

"只需二十五分钟就能得到一部具有大仲马风格的长篇小说,十秒钟就能写出模拟拉封丹的十四行诗,你想见识见识吗?"

是啊,我简直无法想像这种人间奇迹。

"奥涅尔,这太不可思议了! 它究竟是怎么操作的?"

"这全靠了神奇的电子技术。在这匣子的右边有排键钮。每个键钮都对应一种体裁:比如长篇小说、史诗、诗歌、剧本、论文等等,而左边有个麦克风。你只需要按下键钮,对准麦克风报出作家姓名,比如司汤达啦,雨果啦,莫泊桑啦……想到谁就报谁,然后你就等着作品从机器另一端出来好了,你所需要做的一切就是给它供应纸张……"

我举起双手朝天嚷着:"奥涅尔,你莫非在开玩笑吧……"

奥涅尔只是指指打印好的成摞稿纸作为回答。我迫不及待地翻阅它们,奥涅尔确实没有说谎:那里竟有类似巴尔扎克的作品,还有和希罗德的独幕剧、左拉的小说、鲍狄埃的诗篇相仿的文稿……全都惟妙惟肖,卓越无比!

奥涅尔点点这叠稿纸说:"它们总共才费了我三小时二十分钟,这样的产量对我来说已经足够了。"

我惊得张口结舌:"但……但是你用它们来干……干什么呢,奥涅尔?签上你自己的名字吗?按照法律来说,它们是属于你的,这是你的作品,而不是雨果或莫里哀的。我认为你肯定能够发表它们,恐怕所有的文学奖都将被你大包大揽了。这台机器多么不可思议!你能告诉我更多的细节吗?"

奥涅尔的表情变得严肃起来:"得了,它的原理非常深奥,恐怕对你说不清楚,因为你的数学基础不行。还是让我们来喝一杯吧,为了你的远行也为了我的成功。"

于是他转身去了厨房。

我听到奥涅尔在冰箱里找寻食物。他不愿正面回答我,我也弄不明白他要这些文稿干什么,是想去出版吗?

后来不久,我就动身去了南极,一路平安无事。每天忙于考察,几乎忘却了奥涅尔的奇妙发明。我也没从无线电里听到有关新闻。报纸到达我这儿要推迟很久,不过当我考察结束时,我却见到报纸上对奥涅尔大吹大捧,不但登了他的履历,还配上大幅的照片。

那是在某个晚上,在我检查一大捆刚刚收到的报纸时,醒目的标题赫然映入眼帘:《奥涅尔的奇特发明》。我就自言自语说:"这肯定就是他的写作机器,他竟然公布了这个秘密!现在全世界都会知道他是如何发表大量作品的了,这是一场真正的文化革命!"

可是报上讲的完全不是这码事,只是报道奥涅尔发明了一种崭新的电子烤炉:可以烤制小鸡、牛排等等。这种烤炉风行全球,人见人爱!

那么写作机器呢?难道出了问题吗?

一回到巴黎,我马上冲到奥涅尔家去拜访他。他的外貌丝毫没有改变,依然是那颗大脑袋,漆黑的眼珠,彬彬有礼的微笑,但是我发觉

在笑容里隐藏着些许悲哀。

"别来无恙,奥涅尔?"

"很好,应该说非常好,好得不得了,钱财简直滚滚而来。"

在我离开的这段期间,他的房屋修葺一新,还添置了新衣、新家具。

"这些全是靠了烤炉的功劳?"

"不错,"奥涅尔承认,"许多厂家在抢着和我签定合同,你在南极生活得好吗?"

"很有趣,"我说,"我正想出版一本关于企鹅的专著……"

"那太好了。"他惊叹一声,"你找到出版商啦?"

"那倒还没有,因为书稿没有完成。不过我们暂且别谈这个。奥涅尔,你的机器出了什么毛病?"

"我的机器?"

"是啊,我指的是你那台奇妙的写作机器,它怎么啦?它无法使用了吗?"

"不,恰恰相反,工作棒极了。"他漫不经心地指了一下书架说,"它已经为我写了几十部极好的书。如果你还要去南极,不妨随身带上几本读读。"

"怎么?你不打算出版它们吗?"

奥涅尔只是微微耸肩。

于是我的脸色变白:"这是怎么回事?是出版商不愿意吗?这绝不可能,奥涅尔! 为什么要拒绝出版这么杰出的作品呢?"

奥涅尔干涩地打断我的话说:"我可以给你看看出版社的回信,各家的答复如出一辙,'在认真拜读来稿后,我们深表遗憾,无法采用……'"

"那又是为什么?"

"理由也大致相同,什么'它明显地过多受到巴尔扎克的影响'啦,什么'毫无疑问,您对福楼拜的作品读得太多'啦,什么'过度模仿莫泊桑的风格,缺乏特色'啦,都在说抱歉,抱歉,全是抱歉……"

"你说所有的出版社都拒绝吗?"

"正是如此！"

"太可怕了！不过我突然冒出了一个主意：你不妨打开机器，对着麦克风，就别提什么左拉或者大仲马之类的作家，你索性说：'奥涅尔！'那么自然就会得到你奥涅尔自己的作品了。"

他开怀大笑起来："你以为我没有这么去试过吗？错啦！我早就在按下'长篇小说'键盘的同时就喊了自己的名字……"

"那结果如何？"

"过了四十三分钟，我才得到一百页手稿。"

"这是一部什么样的杰作？"

"它居然是一篇《关于月新式烤炉煎烤牛排或羊排的心得体会》的技术论文！"

新式烤炉心得体会

赏析／银

真的有一部可以自动写出名家作品的机器吗？这不是很好吗？有了它，以后就不用怕写那些烦人的文章了。哦，原来是一部仿制新式烤炉的抄袭机器，写出来的文章只是一些名作家的临摹。最后只会被原稿打回。

世上没有不劳而获的东西，那些精美文章都是作家们绞尽脑汁想出来的，都是他们的心血之作，想要不动脑，就能有出色的作品，这是不可能的。想要写出好文章，还是需要你的付出。

　　后来我才明白为什么乔天连的头发那么蓝，而我的却毫无光彩，是因为他具有强大的魔力，而我，只是一个不懂魔法的小毛孩——头发蓝色的深浅象征着一个人魔力的强弱。

踏步孩提时
侦察金钥匙

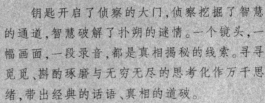

　　钥匙开启了侦察的大门,侦察挖掘了智慧的通道,智慧破解了扑朔的谜情。一个镜头,一幅画面,一段录音,都是真相揭秘的线索。寻寻觅觅、斟酌琢磨与无穷无尽的思考化作万千思绪,带出经典的话语、真相的道破。

　　这里有智慧的舞动,灵感的闪烁,运筹帷幄的大气……还等什么? 快来探索吧!

越加掩饰越容易露馅儿，再狡猾的狐狸也会有被捕获的一天。

赌徒的遗书

● 文/[英]阿尔弗莱德·希区柯克

你的丈夫死了,你该怎么处理遗书?看完遗书后你又该怎么办?跑出卧室,把直挺挺的人体留在床上,难道你不害怕吗?伊芙琳麻木地问着自己。

她把遗书扔在厨房桌上,看着它,心里明白,遗书必须交给警方做证据。

现在她想起来了,应该报警。她僵直地走到墙边,取下电话,对着话筒里的嗡嗡声说:"我要报案,我丈夫自杀了。"

话筒里的嗡嗡声继续响着,像是在嘲弄她,她开始号啕大哭,同时拨通警察局。

伊芙琳有生以来还没有给警察局打过电话。记得有一次后院有个人影,母亲误认为是窃贼,打电话报了警,结果是父亲酒后跟跟跄跄地回来,误把鸡窝的门当成厨房门。那次他们为这件事笑了好长时间。

父亲出了不少类似的笑话丢人现眼,在家乡那个农场里,大家笑过就算了。但是那些事都不像眼前这件事这样可怕,而且还这么丑陋。

伊芙琳走到门外,去了梅丽的家。

警察都很好,他们很仁慈、和善,很会安慰人,做事利落,技术高超。他们的动作就像她小时候接受女童子军训练那么规范。她对自己说，今后再也不信别人嘲笑警察无能的话了。

现在，警察都离开了，每个人都离去了，连她热爱的丈夫卢克也离去了，永远离去了。

他们用担架把他抬走，好心的邻居梅丽握着她的手，劝她不要太痛苦，她说人一生遇到的每件事都有道理。

那天有很多的人来，警察取走了卢克的咖啡杯子，里面还留有咖啡残渣；记者，还有卢克工作的那家银行的职员，还有邻居们都在现场。

但是现在他们全走了，连好朋友梅丽也走了。梅丽有家，要做晚饭，还有两个小女儿要照顾，她答应过会儿再来。如今，只剩下伊芙琳孤零零一个人。

她坐在厨房桌边，看着墙上挂着的一块薄金属板，上面刻着有趣的字眼："上帝降福吾宅。"她把视线移到厨房正面的挂钟上，时间是六点三十分，平常每到这时刻，卢克就会按响门铃，然后冲进来告诉她一天中经历过的事。

事情是从什么时候开始的？从什么时候开始，她把他每天的下班称为"灾祸"？

当然，所谓的灾祸并不那么可怕。卢克爱热闹，很健谈，长得年轻英俊，却入不敷出，又喜欢结交一些如她母亲说的"问题朋友"。其实哈罗德也不是不好，他有九个孩子和一位当公司董事长的妻子，哈罗德爱赌马，如此而已。

今后再也听不到卢克的笑声，看不见他走进厨房说伊芙琳是全市最可爱的唠叨者了。欢乐过去了，恐惧和恶兆也都过去了，剩下的是忧伤和羞耻。伊芙琳双臂搁在桌子上，头埋在臂弯里，呜呜咽咽地哭起来。

警察局的罗杰警官事后说，他按了三次门铃，又使劲敲门，心里都开始紧张起来，伊芙琳才满脸泪痕地来开门。

她请他进入整洁的小起居室。事实上，看见这位警察时她就放下心来。他几乎和她的父亲年纪一样大，至少是她记忆中的父亲的年龄。她心中涌起一股冲动，想向他保证，她可以从丈夫的去世带来的悲伤中熬过去，继续生活下去。

"卢克是个仁慈可爱的人。"当他们坐下来喝咖啡时，她平静地说，"他从没有伤害过我，从没骂过我，都是我骂他。他只是……"她抬起头看着天花板，"我想你可以称他是个无法自制的赌徒，我意思是，他真是不能自制。你相信吗，罗杰先生？"

他点点头说："当然，我相信，这种人相当普遍，他们什么都要赌。即使他现在坐在这里，可能也要和我赌，赌五分钟之内会有电话铃响。我认识一个人——实际上是我的一位老乡，他太太在医院生孩子，他去医院看太太，看见病房里有玫瑰花，他就和护士打赌：第二天早上，有两朵蓓蕾会开花，然后脑中便只有蓓蕾，没有婴儿。第二天上午再到医院去收赌金，你说怪不怪？"

伊芙琳同意他的话："卢克就是那样。我曾经告诉过他：有像'戒酒会'那样的'戒赌会'……"

罗杰警官笑笑说："我那位老乡就加入了那个会，而且受益匪浅。"

"卢克根本不参加。他说：'宝贝儿，你想破坏我的生活乐趣吗？我只不过是玩玩罢了。'"她的声音开始发抖，"可是，当他开始挪用公款去赌时，那可就不是玩玩了。真造孽，一个不能自制的赌徒居然在银行工作。"

伊芙琳站起来，烦躁地在屋里来回走着，双手不停地拨弄黑色的长发。她不知道是不是该告诉警官昨夜他们夫妻吵架的事。当时她骂丈夫说："有些人把名誉看得比生命还重要，失去名誉比死了还糟，我碰巧就是这种人！"

她正在犹豫，罗杰警官说话了："银行给我们打了电话，说了短缺公款的事，证实了你说的一切。"

她还在想昨天晚上的事，几乎没听进他的话。

几星期前他说："宝贝儿，这回准错不了，这匹马绝对可靠，星期一老头子一上班，钱就都回银行了。"可是，那匹马并不可靠，钱也没有回银行。她深深地吸了口气，第一次有了个想法。

"警官先生，你来这儿做什么？"

他轻轻拍拍她的手说："我挺惦记你。我对你有一种特别的同情，因为我有个女儿和你差不多大。现在你想干什么？"

伊芙琳想到了未来，她说："我想回家，回印第安纳。其实我是在农村长大的，在州立大学遇见了卢克，他花言巧语把我带到城里。那是三年前的事。我们曾经回家乡一次，但是他讨厌农场，那儿惟一叫他觉得有趣的是母牛生小牛时打赌生公牛还是母牛。"

他们静静地坐了一会儿，伊夫琳看着手里的咖啡杯，罗杰警官怜悯地看着她。最后，他从制服口袋里掏出那份遗书，她一看见它就激动起来。

"求求你！我不想再看见它！"

他温柔地说："我知道你不想看。但有些事我必须问你。"

他打开揉皱的纸，大声读道："'原谅我，亲爱的，你说得对。告诉老头子，我运气不好。'"

她小声说："老头子就是尤金先生，卢克的老板。"

罗杰警官慢慢地说："尤金先生两星期前就退休回他的老家了，你丈夫没有向你提起过吗？"他的两眼盯着她。

伊芙琳的脸色和厨房的墙一样白。不，他没有提起过，不论他们之间是甜言蜜语，还是恶语相向，卢克都没有提到老板已退休的事。也许他说过，但她没听到，如果听到的话，就可以挽救她了。

唔，事情居然会败在遗书上。把药倒进他的咖啡里已经够可怕的了。他痛苦的呻吟令她心碎，和他的吻别也很凄楚，但没料到最让人难受的还是伪造那简单几个字的遗书露了馅儿。

露 馅 儿

赏析／刘庆儿

这是一篇有趣的侦探小说，文章由头到尾没有提到凶手，更没有提到警察如何破案，文章由死者的夫人与警察的对话构成，最后还留下悬念，转了一个弯来告诉读者凶手是谁。

死者的夫人怕被警察知道自己是凶手，所以，她不停地与警察交谈，假扮成楚楚可怜的寡妇。机智的警察表面上是在与夫人交谈，实际上是在寻找夫人的破绽，他早已知道凶手是谁，只等凶手自己道破。原来，遗书帮助警察破了此案。

越掩饰越容易露馅儿。再狡猾的狐狸也会有被捕获的一天。

发生在二十四号病房的"战役"是一场智慧的挑战，警长与医生的聪明才智不得不让人敬佩，但在敬佩他们的聪明之时，我们应看到他们那临危不乱的精神。

别了，露丝！

● 译/申逸文

十九岁的西尔维亚小姐是美国怀俄明州某市中心医院新来的护士，两星期前才来上班。一九八四年六月十六日下午，她正在预检处当班时，一位叫马修斯的年轻男医生突然走到她面前轻声说："请告诉我露丝小姐的病房号码，好吗？"西尔维亚查了查登记簿说："是二十五号房间，医生。"

"谢谢。"

那医生很快就在楼梯拐弯处消失了，可西尔维亚还在想露丝小姐的事。露丝是今天早上被送进医院的，身中三枪，据说是一起爱情悲剧的受害者。她在手术间里动了好几个小时手术，现在还生命垂危……

就在这时候，西尔维亚突然惊跳起来：从二楼传来一声枪响，接着是第二声、第三声！西尔维亚大声惊叫……

一刻钟后，警察火速赶到。鉴于事态严重，他们疏散了楼道里的其他病人。警长霍夫曼正在和院长紧急磋商，而在二十五号病房里，护士西尔维亚呆呆地站着，浑身不住地颤抖。警长霍夫曼掀开被单的一角，沾着鲜血的被单下是一个三十来岁的女人，她的头部中了三枪，早已身亡。

踏步孩提时

感动系列

"死者是谁？"警长问。

病房医生嗫嚅道："我刚查过病房登记表，她叫玛姬·贝内特，这可怜的姑娘患了阑尾炎，今天下午刚进病房。西尔维亚小姐说那凶手要杀的不是她。"

西尔维亚眼含泪水，将刚才发生的事告诉了警长："他向我打听露丝的病房号码，他完全是医生打扮，我当时一点儿也没怀疑。"

"那你为什么告诉他是二十五号房间？"

"登记簿上是这样记录的。"

这时院长发话了："是这样的，因为露丝的伤势很重，我们为她换了病房，进行特殊观察护理。而玛姬·贝内特小姐下午刚到，我们就让她住进了空出来的二十五号病房。没想到这么一换，让她送了命。"

警长霍夫曼问西尔维亚："你能不能描绘一下那个男人的相貌？"

"他身材高大，棕色头发，算得上是个漂亮的小伙子。手看上去完完全全像个医生，我起誓！"

警长点了点头："我相信你的话，因为你说的是事实，或者说差不多是事实，凶手马修斯确实刚从医学院毕业。我们正在为他枪击露丝小姐而追捕他。他是露丝的未婚夫，由于露丝执意要离开他，所以他动了杀机。但我不曾想到他会如此疯狂，竟来医院追杀她。"

说完，警长拉上被单把死者盖好。

"现在他在哪儿？"他问。

"就在隔壁，二十四号病房。他劫持了里面的一个女病人。"

"他还拿着武器？"

"是的。有几位目击者说他是握着手枪进去的。"

警长离开二十五号病房，走到房门紧闭的二十四号病房前停下了。

"马修斯，你听到我说话了吗？我是警长霍夫曼……"

门里传来了一个激动躁怒的声音："我听见了，警长。你可别乱动，我身旁是一个病人。我的枪正指着她的太阳穴，要是你拧动门把手，我就开枪。你会看见我说到做到……现在你说吧！"

警长隐约听见了房内女病人惊恐慌乱的声音："他说的是真的！请按他说的去做，不然他会杀死我的！"

"那你还想干什么呢，马修斯？"警长问道。

"我要见露丝！对隔壁房间那个女人的死，我很抱歉，但这不是我的错。你们不该让一个提供错误信息的白痴留在预检处！"

"你为什么要见露丝？"

"我要跟她谈话。"

"是为了跟她谈话，不是为了把三颗子弹射进她的脑袋，就像你刚才做的一样？"

"跟她谈话。别啰嗦了！反正你没有选择的余地，你只得相信我。快把露丝给我送来，我绝不伤害她。否则，我告诉你！我要杀死我的人质！"

警长由病房医生陪着离开了二十四号病房门口。

"我将请求特警队的支援，同时与马修斯谈判以争取时间。"

病房医生的表情一下子阴沉下来，口吻也显得紧张慌乱："争取时间，这不可能。你还不知道，二十四号病房里的病人患的是糖尿病突发症，有生命危险，在半小时内不给她注射胰岛素，她就完了。"

警长沉默了。他深知现在局面的严重性。营救人质得赶快，而且时间拖得越久，劫持人质的歹徒越变得神经质，会丧心病狂，不顾一切地下毒手杀害人质。眼下得采取果断措施，风险再大也得冒。警长镇定了一下情绪，尽管此举成功的希望并不大，但他还是返身来到二十四号病房门前。

"马修斯，听我说，你的人质需要做紧急注射，请你放一名护士进去为她注射，好吗？"

只听见里面传来一声冷笑："别跟我来这一套，你的把戏不高明。"

"我向你起誓这是真的，马修斯！要是你不让护士进去，那就让我来顶替人质吧。我会举起双手，光着上身进门。"

马修斯吼道："谁也不准进门。门一动，我就射穿人质的脑袋！"

踏步孩提时

感动系列

"马修斯，要是不为她注射，半小时后她会死的。"

"这不关我的事，把露丝带来！"

"她不能动弹，无法开口讲话。"

"我不管，快把她带来！"

警长叹了口气，不再说话，他明白再作努力也是徒劳。情势已经非常清楚，得立即采取行动。二十四号病房没有窗，惟一的通道便是这扇门。要是警长不介入的话，半小时一到，病人也是难免一死。警长沉思片刻，终于下定决心。他双手握住手枪，慢慢后退一步……就在这时，刚才离开的病房医生赶来了，他压低了嗓音气喘吁吁地对警长说了几句话。

几分钟后，警长在二十四号病房前大声道："马修斯，你赢了！我们把露丝带来了。我已跟你说过，她无法开口说话，她还处于昏迷状态。现在她躺在手推车上。"

病房内响起一声得意的冷笑："很好！现在仔细听我说，你慢慢地打开门，把手推车推进来，不许其他人进门。要是上面躺着的不是露丝，而是一个装成病人的警察，我立刻结束了人质，听明白了吗？"

"明白了,这是手推车……"

门把手慢慢地转动起来。门渐渐开大,一辆手推车缓缓地从门口进来,一直滑到病房中央。马修斯一面用枪指着人质的太阳穴,一面细细观察……不错,一点儿不错,躺在上面的是露丝。她脸色苍白,纹丝不动地沉睡着。是她!马修斯发出一声疯子般的笑声:"你好啊,露丝!你能来看我,这太好了!今天我可想死你了!"他又是一声狂笑,继而大叫一声:"别了,露丝!"

接下来的动作发生在不到一秒钟的时间里:两声枪响几乎同时响起。马修斯对着露丝的太阳穴开了一枪,几乎与此同时,另一颗子弹也准确地射进了马修斯的脑袋,警长出现在门口。

病房值班医生的护士冲进病房,不过他们不是为了抢救露丝和马修斯,他俩已气绝身亡。他们得赶快为那女病人注射。

警长轻声问道:"她怎么样?"

"刚好来得及,她可脱离危险了。"

值班医生转身看着马修斯血淋淋的脑袋:"你的枪法真准……"

警长看了看躺在手推车上一动不动的露丝,她的太阳穴上有一个弹洞。"他的枪法也不错。露丝真是个可怜的姑娘。"

护士用床单盖住了露丝的脸说:"这是万不得已的,没有其他的办法,警长。她的家属也是这么想的。"

几分钟后,躺着两具尸体的手推车被推出了二十四号病房。

警长和值班医生怔怔地站在走廊里,心情难以平静。警长的嘴角露出一丝苦笑。"谢谢你,大夫,你这个主意我倒是没想到。"

病房值班医生若有所思地摇摇头:"不该谢我,该谢的是露丝。假如她不是正巧在这当口去世的话,那就一点儿办法也没有了。"

警长目送手推车渐渐远去。这对曾订过婚的男女——这场悲剧的主角——以后可以永远相伴了。用这种方法去解决一场扣留人质的突发案件,他以前还从未听说过。刚才病房值班医生告诉了他露丝去世的消息,在征得露丝家属的同意之后,决定利用她的遗体骗过马修斯。所以,当手推车进入二十四号病房时,上面躺着的是已经死去

　　警长缓步离开了病房走廊,一面轻轻地说了声:"谢谢你,露丝!"

在危难面前……

赏析/BASIC

　　发生在二十四号病房的"战役"是一场智慧的挑战,警长与医生的聪明才智不得不让人敬佩,但在敬佩他们的聪明之时,我们应该看到他们那临危不乱的勇气与智慧。

　　相信,在你我的人生道路上有许许多多、大大小小的困难与挑战,这是成长必经的磨炼。在这些危难面前,你的反应如何?你的选择又是怎样?……

　　在危难面前,保持镇定,用最冷静的思维去分析情形,用最清晰的头脑去思考方法,用最巧妙的手段去解决问题……我相信,警长能做到,你也可以做得到。在危难面前,别惧怕,别畏缩,要冷静思考。

金钱不是万能的,世上还有许多事情、许多东西值得我们珍惜。

红 气 球

● 文/郁 子

有一年冬天,著名侦探勒皮克律师到这小村子来看望老朋友,同时打打猎,欣赏欣赏雪景。这会儿他和老朋友库斯蒂村长正在美美地吃着野味。

"没有比雪景更理想的告密者了,"他对库斯蒂说,"它能把一切都清晰地记录下来;是一个人还是两个人,是在跑还是在跳;是扛着重物还是轻装行动。它还能说出一个人的体重、体形以及身高(如果那人摔倒的话)。简而言之,雪就像个长舌妇,什么都躲不过她那张嘴。"

就在他大谈其侦探之道的时候,身旁的猎狗突然叫起来。一个长着一双弓形腿的老头出现在他们的面前,他是当地的警察。

"什么事,老博勒斯坦?"勒皮克问。

"我是来告诉你们,先生,"老头结结巴巴地说,"我刚在荒野里发现博勒加尔先生被人杀了,他的喉咙被人切开了。"

果然他们在雪地里发现了死者。然而除了老博勒斯坦的脚印外,没有找到任何其他人的脚印……

甚至没有死者的脚印。

博勒加尔住在一幢偏僻的房子里,百叶窗老是关着,叫人看不见屋里的情景。低矮的屋顶上飘着一只大气球。这住宅连同他本人给人

踏步孩提时

感动系列

一种古怪的感觉，每天总有个小孩走来，用炭笔在他屋子的墙上写下："博勒加尔先生有一双邪恶的眼睛。"老头一发现就怒气冲天地大骂："小流氓，小兔崽子，看我不割下你的耳朵！"这时小孩的父亲会跑出来说："如果你敢动我孩子一根指头，我非踢掉你的睾丸不可！"

说实话，村里的人都讨厌这个爱跟人吵嘴的怪癖老头。两天前勒皮克曾碰见过他。当时他刚散完步从远处的荒地回来，手里牵着三只红气球，他一见到从巴黎来的勒皮克，立刻自命不凡又怨气冲天地大谈他在巴黎的地产以及他想在巴黎打官司什么的。这时过来一个人，博勒加尔马上向他作了介绍："万松大夫，这位是巴黎法院的勒皮克先生。"

"我来给你注射，"万松大夫说，"今天感觉怎么样？"

"我关心的是人们良知的康复！"博勒加尔转向勒皮克说，"每个人都恨我！每个人都在榨取我！真希望这里就有个法庭,我有四个案子要诉讼。"

万松大夫笑了："你老是自找没趣。你有的是钱，何必……"

"难道就让人把我榨干不成？不！我可不是绵羊！"

突然"砰"的一声，博勒加尔手里只剩了两只气球，一只气球被一个男孩用弹弓打破了。

现在博勒加尔就像个红白相交的雪人，喉管敞开着躺在大雪覆盖的荒地里。雪地里只有村长、警察、勒皮克以及后到的万松大夫的脚印。

"他好像是从天上掉下来的。"村长咕哝了一句。

"谋杀也许发生在下雪之前，"勒皮克说，"大雪盖住了他和凶手的足迹。"

万松大夫检查完尸体，站起身来说："死了还不到两小时。"

现在刚过八点。

"他清晨六点来这里干吗？"村长又嘀咕说。

勒皮克一边打量着尸体，一边自言自语："是自杀还是被杀？"

"他干吗要自杀,"村长回答道,"他很富有。"

"大夫,你一直在照看他,他身体状况怎么样?"

"他的身体很好,就是脑子有点儿毛病。"

"他完全是个疯子。"警察插了一句。

显然,对一个六十出头还整天带着五彩气球在荒地里逛的老头,人们难免会有许多非议之词。

"你也这么认为,大夫?"勒皮克问。

"一个被迫害狂症患者,"万松说,"他老是无缘无故地怀疑别人想害他。"

"事情很明显,"村长作出了结论,"如果是自杀的话,一定会留下凶器;可我们什么也没发现,所以……"

"那你怀疑是谁干的?"勒皮克问,"杀人的动机又是什么?谋财还是复仇?"

两者都有可能。至于嫌疑对象,在这个村子里就可以列出许多,几乎人人憎恨这个吝啬的疯老头和他的红气球!

勒皮克搜查了博勒加尔的房子。使他感到惊讶的是,有一间屋子里竟堆满了孩子们玩的气球。红的,蓝的,黄的,绿的,还有粉红的。

"看来警察说得对,"在一旁的库斯蒂村长说,"那老头是有点儿神经错乱。"

勒皮克没吱声,他在博勒加尔的书房里发现了一些有关气象学的书籍,也就是说,他那些被人们视为怪异的举止实际上是合情合理的。

博勒加尔对气象学很有兴趣,气球正是他用来研究风向、风力以及气压变化的工具。

几个小时之后,勒皮克在村里惟一的一家旅馆里遇见了万松大夫,他们自然又把话题扯到了博勒加尔的案子上。

"就我个人的看法,我不相信这是一桩谋杀案,"勒皮克说,"我倒觉得博勒加尔是自杀。因此我想请教一个问题,万松大夫。你告诉过我,博勒加尔有被迫害狂的病态心理,他总是强迫自己相信有人想害他，那么他会不会产生这样一种心态：'如果我束手待毙，等着敌人来杀死我，那么他们一定会在谋杀过程中伪造种种自杀的假象，那我也就没有复仇的机会了；相反，如果我杀了自己，我倒可以使它变得像一桩谋杀案，这样警方就不会放过我的敌人了。'博勒加尔会不会是在这种心态的驱动下自杀的呢？"

万松大夫想了一会儿。

"完全有可能，"他最后说，"可以找到许多类似的病例，这是典型的被迫害自虐狂。但尽管如此，"大夫话锋一转，"我还是不能同意你的观点，自杀的假设是不成立的，不可能将自杀伪装成他杀。"

"哈！"勒皮克笑了笑说，"惟一巧妙的做法就是让那件凶器消失。"

"完全正确，"万松大夫说，"可他如何解决这个不可思议的难题呢？"

"简单之至。"

"简单？"万松大夫有些迷惑不解。

"五六只气球就能办到，"勒皮克凝视着天空说，"他为了减轻剃须刀的重量，先卸去刀柄，然后把薄薄的刀片系在那些气球上。他在空无一人的荒地里用这刀片割断了自己的喉管。接下来的情景是什么呢？沾着血迹的刀片一离开他的手指，就被气球带着飘走了！"

"真是异想天开，亲爱的勒皮克！"

"精神不正常的人往往是最杰出的幻想家，我亲爱的大夫。这就可以解释为什么博勒加尔没有在自己的脑袋上来一枪，因为手枪太重了。同样，匕首也沉了些，而薄薄的一片刀片却能……"

万松大夫沉默了片刻，仍然不同意地说："可博勒加尔一定知道，气球受到湿度的影响，傍晚会落回地面，那时人们就发现……"

"是的，可他也会指望气球在中午因温度升高而爆裂；也许它们还可能落在布拉康森林里。谁知道他的脑子是怎么想的？"

"这倒有点儿道理，"万松大夫最后说，"你打算怎么办？"

"今天的风向是朝东，那么根据我的推理（也许有些草率），我们有可能在布拉康森林的方向找到自杀者的气球。由于有刀片的重量，气球不可能升得很高，它可能会让树枝钩住。"

"这种可能只有千分之一。"

"但毕竟有。我想午饭后派人去搜寻一下，你愿意一起去吗？"

"很愿意。"

下午两点，搜寻组的全体人员在发现尸体的荒地集合起来，勒皮克随身带了一只帽盒。

"这里装着我的猎犬，"他笑着说。盒子里面是一只红气球。看见人们惊愕的目光，他笑着解释道："我们可以由雪茄的烟来领路；或者将卷烟纸的碎片抛向空中，然后跟着碎纸片的方向走。但我想气球更实用。"

"听起来有点……那个……"万松大夫说。

"幼稚，是吗？"

"不，像童话故事。"

"一回事，"勒皮克说，"不过我有我的破案方式。"

他放出了气球，让它随风飘去。气球的一头系着一根六十英尺长的线，由他牵着。就这样，在气球的引导下，他们朝森林的方向走去。

走进林子不久，万松大夫放慢了脚步："我说，这样做未免有些荒唐，我们是什么也发现不了的。"

"是吗？"勒皮克的语调很怪，所有的人都吃惊地朝他望去。接着人们的目光又不约而同地顺着他的视线向前移去。

在他们的右侧，大约四十步的地方，有四只气球挂在一棵槐树的树枝上。他们蹑手蹑脚地朝气球走去，好像怕惊飞了它们。

四只气球被一根绳子捆在一起，绳子的一端系着一片沾有血迹的剃须刀片！

"太妙了！"万松大夫说，"自杀的证据终于找到了。"

"哦？可我不这么认为。"勒皮克说。

"你说什么？这起自杀案是你自己证明的。"

"我从来就没有相信过博勒加尔会自杀。"他忧郁地说。随即语调一变,"大夫,很遗憾,刚交手你就成了输家。你落入了我的圈套。博勒加尔是被谋杀的,而且是你谋杀了他……"

"你疯了?"万松大夫的脚步在向后退去。

"没疯。这些气球是你犯罪的确凿证据。"

"我不明白。"

"道理很简单:如果博勒加尔真是像我说的那样杀了自己,我们就根本不可能在这儿找到这些气球,因为今天早晨并没有刮现在这样的西风,而是刮东风。那么,这里的这些气球是哪儿来的呢?显然是有人带到这儿来的。而这个人,也就是凶手,他的目的是给自杀的假设提供证据。至今,我那个异想天开的气球自杀假设只告诉过一个人,那就你,万松大夫。

"午饭时,你带着气球和刀片来到这里,瞧,树干上还有刚刚爬上去时留下的抓痕。刚才在路上,我注意到,你在给我们作向导,尽管你的行动很隐蔽。而且我能断定,如果你脱下衣服,一定能在你身上找到那个伤口:你割开了自己的皮肉,把伤口处的血涂在刀片上。行了!别举起硬邦邦的玩意儿!"说着他疾速地抽出了左轮手枪,对准了从麻木中醒过来、继而愤怒地想把对手击倒的万松。

"我并非你的敌人,"勒皮克平静地说,"我的身份是律师。"

"好吧,"万松喃喃低语道,"我的梦已经彻底破灭了。"

万松曾经在巴黎一家医院当过两年实习医生。然而不幸的是,他父亲投机失败葬送了他美好的前程。为了温饱,他来到这个小村子开了一家私人诊所。

"我杀博勒加尔是为了钱。我知道他在屋里藏了许多金币——那是一笔巨大的财富。"

"于是你就利用大夫的身份经常出入他家,最后终于发现了他的藏钱之处。"

"我是昨天发现的。"

"但当博勒加尔发现金币被盗时,他马上怀疑是你?"

"是的,今天一大早,他给我打了电话,说他感觉很坏。当我赶到他家里时，他并不在家。我估计他是用电话把我诳出来，然后利用这段时间去我家寻找金币。那么他就很可能会发现我干的一切。"

"你急忙赶了回去，并在荒地里碰见了他回来？"

"他找回了那只藏金币的铁盒。接下来发生的事你能想像得到。我知道一切都露了馅，在极度的恐慌中……"

"你用什么杀了他？"

"我每次出诊，药箱里总带着手术刀。"

"明白了。"

接着是长时间的沉默。

"当你设下气球圈套时，你就已经怀疑我了？"万松过了一会儿问。

"还记得吗？"勒皮克说，"当我问一个被迫害狂患者是否会出于报复的心理而自杀时，你的回答引起了我的怀疑。你说这种情况很典型，也很普遍。可我也看过许多这方面的书，而且还有几个精神病专家朋友。我的知识和经验告诉我：一个幻想狂在通常情况下不但没有自残或自杀的行为；相反，他们的求生欲望很强……于是，疑点在我脑子里出现了，是万松大夫不懂，还是他在撒谎？在随后和你的交谈中，我很快就得出了结论：你是一个非常有学问的人。"

"我本来有一个美好的前途，"万松凄惨地一笑，"我有能力，有勇气……"

"我很抱歉，大夫。"勒皮克说。

"你准备怎么办，把我送给警方？"

"这违背了我的本意。"勒皮克掂了掂手中的枪，"我想你应该去自首，我也许可以将精力放在为你辩护上。"说完，他看了一眼红气球，转身走开了。

在他离开树林几分钟后，他看见一只红气球从头顶上飘过。接着第二只，第三只，第四只。他立刻朝树林方向跑去。他预感到这些气球是在给他提供信号：谋害博勒加尔的凶手已经作出了某种果断的抉择。

几分钟后，他在那棵槐树脚下看见了万松大夫的尸体。他写了一封简短的自首书，然后用刀片割断了自己的喉管。

钱,断送了一个医生的前程

赏析／波波球

医生,本是一个令人尊敬的职业,然而,《红气球》中的万松大夫却因为抵挡不住金钱的诱惑,一步步滑向罪恶的深渊,最终,他选择了自杀的方式结束了自己的生命。

小说用引人深思的语言讲述了一个医生为了钱财谋害一个老人的侦探事件。故事中的医生本是一个善良的好医生,却因贪欲改变了他善良的性格,变成了杀人凶手。他那双曾经救人无数的双手,最后却变成了杀人的血手。

这是可悲的,虽说金钱在我们的生活中充当了很重要的角色,然而,金钱不是万能的。世上还有许多事情、许多东西值得我们珍惜,例如生命。不要让钱财迷惑了你的双眼,珍惜你身边的正在拥有的东西吧!

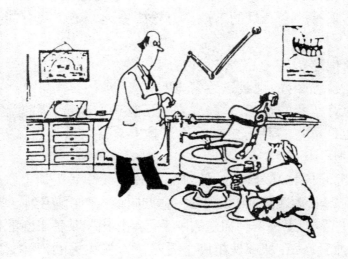

情绪难以控制时，我们很容易被假象所迷惑，所以，我们要时刻保持冷静的头脑，处乱不惊。

千虑一失

● 文/[法]皮埃尔·贝勒马尔　雅克·安托尼

译/梅力　白国忠　梁大伟

"埃尔曼先生，有个顾客一定要见您。"

"他要干什么？"

"给您介绍一笔生意。"

对于高个子秃顶总叼着一支粗雪茄的埃尔曼先生来说，生意是神圣的。他是佛罗里达州迈阿密市最大的一家旅馆的经理，他点头同意让顾客进来。

"他叫什么名字？"

"范·奥尔森。"

埃尔曼先生在等顾客到来时微微地扬起下巴，从抽屉里拿出卷宗放在办公桌上，装出一副很忙的样子，总之装出一个企业家或商人应有的样子。事实上，四十三岁的埃尔曼与他父亲共同拥有这家旅馆。他有钱，所以尽管他谢了顶，叼着粗粗的雪茄烟，爱摆出一副企业家的样子，但作为一个商人，他还是太容易受人影响和感情用事而且缺乏主见。他的合伙人已经买下了三四家旅馆，而他只满足于经营这一家旅馆。

那位叫范·奥尔森的先生进来了：干巴巴的小个子，穿戴有点儿寒酸，但神情自若。如果埃尔曼先生稍微有那么一点点心理学知识和观察能力的话，他就会注意到范·奥尔森的手是从事体力劳动的人的手，可能是机械修理工。

"您好，范·奥尔森先生，您要给我介绍一笔生意吗？好，说吧……"

范·奥尔森不紧不慢地环顾四周，确信屋里只有他们两个人而且房门已关好了。

"先生，事实上是一桩很紧迫很正经的生意……我甚至可以说是一桩不容迟疑的生意。请您靠近窗口，您看见花园里的那个男人了吗？那个胖胖的穿着白色外衣的男人，他正监视着您的窗户。"

"我看见了。"

"嗯，他是我的合伙人之一，这种人是在任何事情面前都不会让步的。我有好几个像他这样的人，在意大利就有三个。"

埃尔曼先生的脸变白了，他明白了，而范·奥尔森接着说："在意大利，他们日夜监视着您的妻子和儿子。假如要让您妻子和儿子平安地度过假期，您只要让我陪您去银行，当着我的面取出十万美元的现金，然后把钱交给我就可以啦，您明白了吗？"

可怜的埃尔曼先生手上的雪茄开始发抖，他得牢牢抓住，否则就会掉在地上。范·奥尔森又说："无论到什么地方都有我的人。我只要发出信号，几分钟后，您在意大利的妻子和儿子就会被杀死，明白吗？"

埃尔曼先生吓得脸都变了形，面对这种突如其来的事件，他几乎不知道该如何做出反应，他神色忧惚，然后跟着那个奇怪的来访者走出了门。

迈阿密的早晨天气极好，阳光明媚，万里无云。而今天早晨的天气格外凉爽，因为昨夜的一场暴雨一扫往日的闷热。两个男人朝着一家银行的玻璃大门走去。他俩都带着公文箱。范·奥尔森推着他的"俘虏"。

"走，走，埃尔曼，别走得太快，自然点儿！"

在对面的大街上，穿白色上衣的胖男人一直小心地与他们保持着一定的距离。

"你们没有伤害我的妻子和儿子吧？"

"目前绝对没有，埃尔曼。"

穿白色上衣的男人穿过马路，靠拢过来，现在他们离银行只有五十米左右的距离了，这时，范·奥尔森觉得有必要提醒一下："我提醒您，埃尔曼先生，稍有闪失，在意大利就会听到枪声！"

在进银行之前，埃尔曼转过身来，但是范·奥尔森朝前推他："进去，不许讨价还价，进去，自然点儿！"

一会儿，这两个男人就混入其他正在安静地进行商业活动的顾客中间了。当埃尔曼掏出支票簿时，他的手有些发颤。他写字时手就颤得更厉害，以致在近旁的银行职员都注意到了。

范·奥尔森离埃尔曼几步远，表面上漫不经心，实际上他注意着埃尔曼的每一个小动作。通过玻璃大门可以看到穿白色上衣的男人在人行道上来回地走着。

现在，范·奥尔森盯着银行职员，这个留小胡子的职员拿着支票，吃惊地瞪圆了眼睛："埃尔曼先生，您要支取十万美金？"

埃尔曼说不出话来，只得点点头。

"您马上就要吗？埃尔曼先生？"

埃尔曼点头，银行职员不禁犹豫起来。

"这是一大笔钱啊,埃尔曼先生,可能得请您同我们经理谈谈。"

埃尔曼知道范·奥尔森会注意这里发生的一切,他向他转过身去,范·奥尔森示意他拒绝会见经理。因此,埃尔曼吃力地说道:"为什么要见经理?我户头上有这笔钱。您自己去通知经理吧!"

"好吧,埃尔曼先生。"银行职员眼睛一直盯着支票,来回翻弄着,离开大厅。几分钟后,他同经理本人一起出来。

"埃尔曼先生,您好。您要取这么一大笔钱吗?"

经理注视着埃尔曼,顾客围绕在他身边。经理的目光与范·奥尔森的目光碰上了。

"埃尔曼先生,您要做一笔大生意?"

"是的。很急迫。"

玻璃大门外的那个穿白色上衣的男人还在来回走动。

"很好,埃尔曼先生。但这是一笔极大的款子,我们得需要时间筹集。您能过半个小时再来一趟吗?"

埃尔曼先生又一次来询问范·奥尔森,但是,他好像在看别处。埃尔曼认为他同意半个小时以后再来。

"好吧!"他说道,转过身去。

他走出银行,几秒钟后,范·奥尔森也跟了上来,他小声说:"我们可以到一家酒吧去等……"

当范·奥尔森和埃尔曼在酒吧等待时,银行经理急得如同热锅上的蚂蚁。他的第一个反应就是用电话召来保安处处长。处长曾是国家安全局的,长相像个农民但很狡猾。他听取了经理和银行职员的讲述后,下了结论:"如果仅仅是敲诈,您的顾客不会这么慌张和害怕。大概是要绑架,他有家室吗?"

"他有妻子。"

"有年龄小的孩子吗?"

"我想没有。但我知道他有个十七岁的儿子。"

"好吧,我们想办法弄清楚他们现在在哪里?"

他拿起经理室的电话机。经理从来没有像这几分钟那么痛苦。处长时不时地停下来对经理说话,把他当成一个普通的银行职员了。

"别这么拖着……无论如何得准备好钱。喂,弗雷迪吗?马上到这来,我这儿有你干的活儿。您快去准备钱,但要新票子。喂,吉米吗?去看看埃尔曼的妻子是不是在家?他们的儿子在什么地方?您去准备新票子,但要记下号码。喂,警长吗?您至少准备好三辆警车,这里肯定会有麻烦。"

二十分钟后,国家安全局的老特工人员放下电话机。他的平静与职员的慌乱形成鲜明的对照。他微笑地说:"现在只有等待了。"

三十分钟后,埃尔曼先生又一次走进银行。范·奥尔森随即也跟进来。一个职员跑到经理办公室:"他来了。"

"就像什么事也没发生似的,"保安处处长指示道,"但是我想付款员得让他等一个收据,是不是?"

"是的。"

"让我看看收据的格式。"

职员拿出表格。

尽管埃尔曼先生竭尽全力,还是做得一点儿也不自然:他的雪茄烟不断地熄灭,而且每次他都点不着火,他的手抖得太厉害。但是付款员却轻松自如:他当着埃尔曼的面点着十万美元,对站在大厅另一头的范·奥尔森毫不在意。范·奥尔森一直盯着付款员。最后付款员用左手把一叠叠钱推向埃尔曼先生,用右手递过收据,但收据上写着钢笔字:"如果您受到威胁,转一下收据的方向。"

埃尔曼先生不敢瞧范·奥尔森,但是他知道自己受着范·奥尔森和在大玻璃门外那个穿白色上衣的男人的监视。他们在酒吧等待的时候,范·奥尔森给他解释了他们与主要人物都有无线电联系。此刻他们正保持着联系。一个在意大利,另一个在佛罗里达。总之,电话不是给狗预备的,稍有差错,反击将是顷刻之间的。只需要两分钟,他在意大利的妻子和儿子就将因他的微小闪失而丧失生命。

埃尔曼先生又读了一遍纸上的字,他用颤抖的手在收据上签了字,然后非常小心地把收据按原来的方向慢慢地放回原处。

几秒钟后，面对着惊呆的付款员，埃尔曼先生把十万美元放进公文箱里，然后在穿白色上衣男人的注视下走出银行。半分钟后，范·奥尔森也随他走出银行，手里拿着一只空公文箱。

他们在最近的车站碰头，在车站上他俩都上了车，在下一站快到时，他们交换了公文箱。埃尔曼先生的十万美元易了主。

但是，银行经理办公室里正乱成一团。保安处处长却是胸有成竹。

首先，他的同行弗雷迪跟踪着埃尔曼先生：一辆伪装的警车注意着他并用无线电与其他警车保持联系。其次，埃尔曼的恐惧越来越使人想到是绑架。最后，那个叫吉米的人告诉他，埃尔曼的妻子和儿子正在意大利度假，住在菲诺港的斯普伦蒂多旅馆里。他们通知了国际刑警组织，后者可以打电话通知埃尔曼太太。

范·奥尔森说得对，电话不是为狗预备的。在两分钟内，国际刑警组织找到了埃尔曼太太。

"我是在迈阿密给您通话，您身体好吗？埃尔曼太太？"

"很好，谢谢，有什么事？您是哪位？"

"您丈夫的一个同事。您丈夫想知道您的消息，但是他整个上午都无法给您打通电话。"

"可我一直在这儿。"

"您儿子呢？"

"我儿子也挺好，"

"现在他在什么地方？"

"他在游泳池，但他马上就回来，天一黑就回来。"

"您肯定吗？"

"我在这儿就能看到他……"

"您没有发现周围有什么不正常吗？埃尔曼太太？"

"没有。"

"好，谢谢，埃尔曼太太。"

"等一等，您的电话令我担心，我丈夫真的没事吗？"

"没事，埃尔曼太太。您不必担心。但是国际刑警组织的人可能会来找你们，他们叫你们怎么做你们就怎么做，什么也别担心。再见，埃尔曼太太。"

经理、职员们和保安处的同行们听到电话的结果都很吃惊。

"那么说这不是绑架了？"经理说。

保安处处长想了一会儿："可能不是绑架，但也可能是这回事。也许那边的枪手已把枪对准了埃尔曼太太的儿子，那么，只需一个电话。"

与此同时，三个男人从公共汽车上下来。前边两个是拿着空公文箱的埃尔曼先生和拎着沉甸甸的公文箱的范·奥尔森。第三个人，就是那个叫弗雷迪的警察。他急于要赶上那辆一直跟在公共汽车后边的警车。埃尔曼叫了出租车，范·奥尔森也叫了出租车，然后他们朝不同的方向驶去。

刚一到旅馆，埃尔曼先生就直奔办公室，给他妻子打电话，叫她马上回来。一个警察未经通报就闯进来问道："埃尔曼先生，没事吧？"

"没有。"

在意大利，两分钟以前，罗马国际刑警组织通知了菲诺港警察局。在斯普伦蒂多旅馆，一个意大利宪兵要求见埃尔曼太太。勇敢的女人在她的房间里穿好晚装王打算去吃晚餐。当宪兵关上窗户时，她完全惊呆了。宪兵让埃尔曼太太叫她儿子进来。他向她们母子宣布："请别介意，……我们必须在一起度过一个小时。"

然后他打电话通知迈阿密方面。

当迈阿密得知埃尔曼太太和她儿子的安全有了保证，一支警察部队包围了一个车库，几分钟前范·奥尔森和那个穿白色上衣的男人刚刚走进去。

探照灯。警告。两个男人没有抵抗就投降了。因为他们没有武器，也从来没想要过武器，也没想到使用手枪。埃尔曼太太和她儿子根本没有遇到过任何危险。

这一切不过是范·奥尔森精心策划的一场闹剧。他坚信用足够的胆识和钢铁的意志，选择好对象，利用对方的弱点就可取胜。这个机械修理工对他年轻的同行乔有真正的吸引力，他说："我准备去干一场。你只要在三十米以外的地方跟着我。你穿一件白上衣好引人注意……只消过一小时，我们就能共享十万美元了。"

他们虽然有时间去共享这十万美元，却没有时间去花一分钱。

简单的计划

赏析／余跃华

这是一个简单的计谋，但这简单的计谋差一点儿就能让坏人拿到十万美元。制定这计谋的人是瞧准了埃尔曼的心理弱点，才可以趁机而入。

我们内心深处都有各种各样的情绪与缺点，如果像埃尔曼那样难以控制自己的情绪，将自己的情绪表露无遗，最终只会让坏人乘虚而入。而保安处长面对如此紧张的情景，镇定自若，以过人的胆识和智慧识破犯人的伎俩，破获了这个案件。

情绪难以控制时，我们很容易被假象所迷惑，所以，我们要时刻保持冷静的头脑，处乱不惊。

莫理森把所有的窗户关闭，然后打开了煤气开关，重新穿上鞋子，从后门溜了出去，手里只拿着邮局寄来的那个包裹和他的手杖。

厨房中的谋杀

●文/[英]米尔沃·肯尼迪

译/傅国兴

罗伯特·莫理森现在是一位富翁，可是他年轻时却干过不少荒唐甚至违法的事。只有一个人知道他的底细，那就是他学生时代的伙伴乔治·马宁，他有几封十分要紧的信至今攥在马宁手里。这位马宁熬过了几年铁窗生涯，出狱之后决计敲莫理森一笔竹杠。他料定莫理森会出一大笔钱来换取自己对往事的缄默。然而他却不知道，现在的莫理森早已今非昔比了。在给了马宁一些钱之后，莫理森决定事情应该打住，到此为止了。

经过一番周密计划，莫理森在一天晚上来到马宁居住的那所小房子。他把一包安眠药放进了威士忌杯子里。当马宁失去知觉后，莫理森就把他的头放入煤气灶膛内，准备按计划打开煤气开关。这样一来，不管事后谁发现，都会以为马宁是自杀的。

一切顺利，莫理森伸一伸腰，长出一口气。他环顾了一下这间小小的厨房，又扫了一眼躺在地上的马宁。他又在马宁头下放了一块垫子。他也拿不准这样做有没有破绽。他觉得一个人要是自杀，应该弄得舒服些。

莫理森事先已经脱掉了鞋子，所以，在屋子里走动没有一点儿声响。所有的窗帘都拉得严严的，即使打开全部电灯也不用担心会被外面的人发现。他立即着手实施自己的计划：任何表明他与马宁有关系的东西都无论如何不能留下。邮局送来的这个包裹怎么处理呢?那上面的地址是寄给莫理森的,可是却交给了马宁,也许是投递员搞错了吧。先放在一边,等会儿再做决定。

马宁把那些信放在哪儿了呢?他是个马大哈,不可能把东西藏得那么严。呵,在抽屉里。莫理森要找的六封信全部都在这儿。他看着这些信,两颊紧张得发红。这些信对他具有极大的危险性,绝不能再让别人弄到手。他年轻时真是个笨蛋,怎么会……不过当那天马宁突然出现在他面前漫天讨价时,他至少还能记起这几封信来。

马宁也是个傻瓜,就不知道打听一下如今的莫理森是何等样人。莫理森戴着手套,要把这六封信装入上衣内兜不容易。不过不用急,反正他有的是时间。马宁没几个朋友,更不会有人来拜访他。他有个佣人,那是个老太婆,住在挺远的村子里,要到明天她才会来。

可是他必须处处小心,事事做得恰到好处,一点儿也不能疏忽。他还没有想好一通谎话来应付警察。如果一切谨慎从事,他想那就根本用不着了——要是没有理由怀疑马宁是被杀的,谁还会问到他莫理森呢?人们只知道许多年以前他们上学时曾经是朋友,但是现在并无来往,谁也不会怀疑他的。他察看了两间卧室,感到很满意。一切都是乱糟糟的。回到起居室之后,他再一次环视周围:有邮局送来的那个包裹,当然还有两只酒杯。不,应该是一只才对。他走进厨房,把两只杯子冲洗干净,一只放回橱柜,另一只仍然放回桌子上,再倒上一点儿威士忌。莫理森小心翼翼地把马宁的手指往酒杯上一捺,这样杯子上就只有他一个人的指纹了。一切停当。现在酒杯摆在桌子上,旁边是差不多空了的酒瓶。马宁今天无疑是喝得太多了,以至连莫理森往酒杯里放药都一点儿没有觉察。是不是药放得太多了?那样整个计划可就全部告吹了。不过不要紧,放到煤气灶以前他检查了马宁的脉搏——跳动正常。

还有最后一件事,他得把那半张纸放在桌子上,要折成一封信的样子才会引人注意,莫理森心里想:“真是无巧不成书。这半张纸上的几句话实在太恰当不过了。”那还是几个月之前的事。他一从马宁手

里接到这封信,立刻就想到将来要派它的大用场。那上面写的是:

我厌倦了。谁能责备我做得这么轻而易举呢?
于是我微笑着……

乔治·马宁

可是,马宁信上的意思是微笑着把钱取走,绝不是微笑着让煤气把自己毒死。

莫理森把所有的窗户关闭,然后打开了煤气开关,重新穿上鞋子,从后门溜了出去,手里只拿着邮局寄来的那个包裹和他的手杖。

回家的路上一个人也没遇上。他把那六封信和包裹一股脑儿烧掉,余灰倒入厨房的下水道里。最后他才真正松了一口气。

他知道警察会向他询问这件事,他现在是村子里的重要人物,并且曾跟马宁打过几次招呼(他跟村里所有的人见面时都打招呼,正因为如此,大家都喜欢他)。他打算对警察说,上次他和马宁见面时,那个可怜虫好像病了,心情十分烦躁不安。

第二天一早,一名警察真的来找莫理森了。当然,莫理森早已做

好充分准备,甚至连怎样微笑都事先练习过了。

"是的,我认识他,但不很熟。"他几乎想说,"我过去曾经认识他。"可是话没有说出。还是更仔细点好。

"您能认出这件东西吗? 先生。"警察问。天哪! 他手里举的是什么? 那是一只蓝色钱包,上面有两个金色字母"R.M."(罗伯特·莫理森的缩写),他摸了摸内兜,里面是空的。难道是往兜里装信时把钱包弄掉的吗?

他伸手去拿钱包,一句话也说不出。可是奇怪,那警察竟任凭他把钱包拿去,一点儿不加干涉。他不能说那钱包不是他的,只是傻呆呆地瞪着它。

警察在说什么呀? 他简直听不懂……

"昨天晚上,一个邮递员从邮局来,先生,他把一件包裹送错了地方。后来他回想可能是送到了马宁家。今天早晨他就赶到那儿想把包裹追回来。他敲了半天门,可是里面没人答应,他就奔了后门。后门开着,他走了进去。当然,他不应该这样做,不过……"

警察说的都是些什么呀?他到底是什么意思?莫理森差不多要吼叫了:"接着讲下去! 我受不了啦! "

"厨房里亮着灯。马宁躺在地板上,头伸进煤气灶膛里。那可怜的伙计吓得要死,赶忙找到我,用自行车驮我一溜烟地赶到现场。我发现了这个钱包,认为应该通知您,您知道,这个马宁蹲过监狱。对这样的人我们总得提防着点才是。"

说到这,警察停了一下。莫理森想也许现在他要讲到那件事了。可是自己一句话也说不出来,两眼直瞪瞪地望着那警察,嘴唇微微发颤。

"您没有给他这个钱包,先生? 也许您是偶然掉到地上的吧? "莫理森再也受不住了。他一点儿也不明白到底发生了什么事。警察接着说:"问题还不仅仅是他曾经蹲过监狱,这个马宁真是不可思议。我想也许您能帮助我们一下,他似乎是要自杀,是吗? "

"是……的,我想是这样。"莫理森十分费力地咕哝着,那已经几乎不是他自己的声音了。

"今天早晨我们赶到现场时,桌子上有一瓶威士忌,差不多已经喝光了。也许这就是他为什么会……"当莫理森听到这里时,他差不多紧张得要死了。警察想要说"会"怎样? 他们怎么弄清的事情真相?

"嗨! 我们也不知道他究竟是喝醉了,还是发疯了。我们也弄不明白。他怎么会把自己的头伸进煤气灶里,而竟然忘记了因为付不起煤气费,他的煤气供应早在两星期之前就已经卡断了。他好像根本不记得昨晚的事,也许都是那瓶威士忌的缘故? 今天早晨我看他仍然醉醺醺的。可是——先生! 您怎么啦?"

罗伯特·莫理森已经倒在地板上了。

害人终害己

赏析／诗 哉

罗伯特·莫理森"杀死"了知道他许多秘密的朋友马宁,本以为神不知,鬼不觉,可最后,他的钱包举报了他。

很多人年轻时通过各种渠道致富,当然,通过不正当手段致富的人也掺杂其中。最后的结果也有许多种:用正当手段致富的人会安享晚年;用不正当手段的人到老时会自悔而死,更甚至于还不悔改,不择手段地掩饰自己的过错,就如小说中的罗伯特·莫理森。害人终害己,其最终仍逃不过法律的制裁。

我们从中可以知道,用不正当手段得来的东西通常都是难以享用的,而用一个错误来掩饰另一个错误,更是错上加错。

　　钓鱼的人终被自己的鱼钩钩住,自以为是聪明绝顶,设计了一个绑架计划,自认为天衣无缝,把人质杀了扔下海,又假扮渔夫把尸体钓起,聪明反被聪明误,财富没得到,最后却变成阶下囚。

"幸运"的渔夫

● 文/[美]威廉姆·麦克哈根

　　"好像我从来不曾对一个案子感兴趣,"欧迈勒说,"总要等到其他警察把它弄得一塌糊涂之后。这就是那个年轻医生被谋杀一案。我想你在报纸上读到过。他叫兰多尔夫,有一天晚上被电话叫去出诊,之后他就没有回来。这个兰多尔夫没有多少钱,不过他长得很帅,和一个叫菲利普的女孩订了婚,她很富有。所以菲利普小姐就提供一笔赏金打听消息,于是他被找到了,两个小伙子在桑德钓鱼,其中一个人的鱼钩挂住了什么东西,拉上来一看,原来是医生,有个重物挂在身上。"

　　"那两个渔夫拿到赏金了吗?"我问。

　　"她说她会付给他们的——幸运的傻瓜!"

　　"是谁干的,他们有点眉目了吗?"

　　"至少有一个线索。菲利普小姐和兰多尔夫订婚前曾和一个叫弗来明的青年订过婚。他是那种轻率的人,很有钱但酒喝得太多,当菲利普小姐中止与他的婚约转向兰多尔夫时,他在咖啡馆打了兰多尔夫,他们是些社会名流因此报纸刊载了此事。"

　　"我没有看到。兰多尔夫是如何被杀的?"

“仅仅是被毒打一顿,没有凶器。”

“有不利于弗来明的证据么?”

“他有一艘游艇。那天整个晚上他和他的法国司机都呆在桑德海,此外,医生的车被发现停在游艇附近。因此今天早晨弗来明和他的司机被逮捕,拘在警察总局,我想我应该和他们谈谈。”

我们到了警察总局,看到一个非常年轻美丽的姑娘,得知是菲利普小姐。她面色苍白神情沮丧,但竭力自我克制着。欧迈勒和她谈起来。

“您认为是弗来明干的吗,菲利普小姐?”他问道。

“我——不能相信,尽管他是乔治惟一的敌人,我不认为他会做这样的事,但他承认他喝醉了。”

后来我们又讯问了弗来明和他的司机。弗来明脸色疲惫,若不是由于深陷的眼窝和放荡的神情可能会相当俊秀。

“你杀死了医生?”欧迈勒问他。

“我没有,尽管我可能会,他死了我真高兴。”

司机的态度就不那么坦率,我觉得他看起来不像是个诚实的人,他的眼神固执、多疑,开口前总要想上半天。

“你和你的主人那天晚上在桑德海干什么?”欧迈勒问讯他。

“什么也没干。是这样子的:弗来明先生喝醉了想要清醒清醒,我既为他开车也为他驶船,我们乘船转了一会儿他就睡熟了,我也很累。我们整晚都呆在艇上。”

“你就做了这些?”

“是的,再没有了。”

“很好,欧迈勒,”当我们出来后,我说,“当见到那个法国人我就形成了对这个案子的意见。”

“这么说你认为是弗来明做的?”

“我非常确信。任何人雇佣一个那样的仆人,正如弗来明所做的,并且和他很亲密,是什么事都做得出来的。”弗来明爱着菲利普小姐,可她却喜欢上了兰多尔夫。弗来明一冲动便想报复。我猜想弗来明是个被宠坏的孩子，他要得到他想要的一切，得不到时便勃然大怒，现在即是如此。因为兰多尔夫是个医生，诱使他出来就很容易。也许他本意并不想谋杀医生只不过想痛揍他一顿，可他喝多了，事情就比他的原意走得更远。"

"是的，这听起来很有道理。法国人保持沉默也许因为他也插了一手，或者是他虽然知道菲利普小姐的赏金可是弗来明却许给了他更多。"

"这就是了！"我赞同道，很兴奋。"而且如果弗来明被判无罪，法国人以后就可以永远敲诈他了。"

"你又进了一步，"欧迈勒说，"你在案情讨论会上这样说，他们会发一张证书给你的，因为他们也是这么想的。"

"难道你不这样认为吗？"我发问。

"此案我还没有什么想法，我只是希望能得到一些。"

我们出发去看游艇，一艘警船把我们带到艇上。一个穿制服的警官负责游艇，我和他高谈起来。欧迈勒去检查船上。我看到他钻进船舱，打开食品橱和别的东西，仔细翻看着，里里外外把游艇搜了个遍。艇上没有任何搏斗的迹象，也没找到血迹，我的期待可不是这样。也许是法国人聪明地把那些痕迹处理掉了。过了会儿警船载我们到了发现医生的那个小海湾。

"看起来像一个钓鱼的好地方。"我评论道。潮水在海湾外很强烈，但在这里却几乎感觉不到。

"当然是。两个小伙子在这儿钓到了五千美元，"欧迈勒回答，"走吧，让我们去跟那两个幸运的家伙谈谈。"

我们回到曼哈顿，找到辆车，沿着东海岸向南行驶。其中一个渔夫，欧迈勒告诉我说，叫柯马奇，另一个叫奥林。叫做柯马奇的那个有一个单独的地下室房间。

"你的钓鱼伙伴在哪？"欧迈勒问他。

柯马奇出去找到奥林，后者又年轻又黑又瘦长得很像柯马奇。

"你们两个人，"欧迈勒直截了当命令道，"给我们表演一下怎样钓到人的。"

他们似乎很为自己的探险骄傲而且乐于告诉别人，屋角处有一根崭新的鱼竿，带着一盘新线轴和线，柯马奇走过去拿起它，然后他们坐在沙发上假装是船，奥林划桨，柯马奇专心钓鱼，什么挂住了柯马奇的鱼钩；他吃力地收线；看到钓上来的东西他们脸上浮现出惊异和好奇，但当看清楚钓上来的是何物时这种惊异与好奇被自得和意外所替代。

"就那样我们钓到了他！"柯马奇得意洋洋。

"现在我们可以拿到钱吗？"奥林问。

"现在还不能，"欧迈勒告诉他们，"案子还没有全破，还有许多事情我们不知道，医生在哪儿被杀的？看上去不像是在游艇上，他身上的东西哪去了?医生出诊总是随身携带器械和药品，它们也被沉到桑德海了吗？要是我们找到一些东西，菲利普小姐说她会付给你们钱的。你们钓鱼钓得多吗？"

"以前不多。"柯马奇回答，"最近比较多，因为我们觉得钓鱼很有趣。"

"是的，钓鱼是项不错的运动。咬钩的鲸拼命挣扎，你得费尽周折拖它上岸，可是蓝鱼就不那么有趣，它不挣扎。"

他们使劲点头同意。

"这些家伙是挺幸运，"我后来说，"可他们对钓鱼却知之甚少，他们同意你说的钓鲸鱼上岸很难，其实它不比拖上一个门垫更费力气。他们以为蓝鱼不会挣扎可它却是这里最能扑腾的鱼之一。"

"纽约周围有许多年轻人钓鱼，"欧迈勒回答，"却不知道钓上来的鱼的名字。"

我们分手后的第二天早晨，我遇到了他，"你已经知道医生在何处被杀了吗？"我问。

"就在他自己的车旁，"他说，"他们发现了厮打的痕迹，好像他曾与某人搏斗，竭力想回到车中好摆脱掉他们。"

"摆脱弗来明和法国司机！"我断言，"然后他们就把他弄到了船

踏步孩提时

感动系列

上。这就解决了，对不？"

"那样我们应该在游艇上发现什么痕迹的，我要再去检查一遍以防遗漏什么。"

我们又到了艇上，这次船上没有警官了。

我帮他搜索。在我打开的第二个壁橱中有一团揉皱的帆布。我把它拉出来，后面是医生的器械箱。我十分兴奋。

欧迈勒似乎有点儿挫败感。"我竟然笨到没发现它吗？"他说。

我们回到总局，柯马奇和奥林在那里，还有一个年轻人，好像叫帕力欧。

"是他把器械放到游艇上的吗？"欧迈勒问一个警官。

"是他。"

"愚蠢的家伙。"欧迈勒说。

警察把他们铐了起来。

我被搞糊涂了。"我明白了一部分，欧迈勒，"我说，"可不是全部。我明白你给这三个青年设了陷讲，你告诉他们不会拿到赏金，除非此案破了，而找到器械也许能解开关键。然后你把游艇的警卫撤掉，给他们一个机会，他们也真愚蠢到把东西放回艇上好让案情不利于弗来明。当一个家伙潜回游艇时你派人监视着他，那天夜里他就被逮捕了。"

"很正确，他一上岸就被捕了。"

"可是，"我说，"他们为什么要杀害兰多尔夫呢？"

"这个，"欧迈勒说，"他们在报上读到，弗来明在咖啡馆袭击了兰多尔夫，医生与菲利普小姐订了婚，她很有钱。她会付赎金的，不是吗！可惜医生不是那种能被绑架的人，他拼命搏斗以至于他们不得不杀死他，然后偷了一条船把他沉到海里。菲利普小姐出了一笔赏金，他们以为能够安全地拿到钱就把他钓了上来。他们用他的车把他拉到桑德海，这就是为什么医生的车被发现停在弗来明的游艇附近。"

"这么说你一开始就怀疑渔夫是谋杀凶手？"

"为什么不呢？"他问，"还有谁更可能找到医生，除了那些把他扔到海里的人呢？"

"我在想明天的报纸会怎样说你。"

"说我！听听！你戴的帽子已经旧了，要是你明天能看到我的名字甚至只被提了一下，我就给你买顶新的。"

钓鱼的人终被钓

赏析／fish

这是一个富有趣味性的侦探小说，在侦探欧迈勒层层追踪、分析下，疑团最终破解，犯人最终落网。故事情节曲折离奇，耐人寻味，发人深思。

钓鱼的人终被自己的鱼钩钩住，自以为是聪明绝顶，设计了一个绑架计划，自认为天衣无缝，把人质杀了扔下海，又假扮渔夫把尸体钓起，聪明反被聪明误，财富没得到，最后却变成阶下囚。

人总是这样，本以为自己聪明绝顶，为别人布下一个又一个谜局，最后，布局者却踩进自己的局中。如何避开这样的局面呢？最好的办法就是不要布这种愚蠢的局。害人终害己。

我们不能只想着获取，在获取的同时，要向别人奉献，要不然，会愧疚终身！

厚土·合坟

● 文/李 锐

院门前，一只被磨细了的枣木纺锤，在一双苍老的手上灵巧地旋转着，浅黄色的麻一缕一缕地加进旋转中来，仿佛不会终了似的，把丝丝缕缕的岁月也拧在一起，缠绕在那只枣红色的纺锤上。下午的阳光被漫山遍野的黄土揉碎了，而后，又慈祥地铺展开来。你忽然就觉得，下沉的太阳不是坠向西山，而是落进了她那双昏花的老眼里。

不远处，老伴带了几个人正在刨开那座坟。锹和镢不断地碰撞在砖石上，于是，就有些金属的脆响冷冷地也揉碎到这一派夕阳的慈祥里来。老伴以前是村里的老支书，现在早已不是了，可那坟里的事情一直是他的心病。

那坟在那里孤零零地站了整整十四个春秋了。那坟里的北京姑娘早已变了黄土。

"惜惶的女子要是不死，现在腿底下娃娃怕也有一堆了……"

一丝女人对女人的怜惜随着麻缕紧紧绕在了纺锤上——今天是那姑娘的喜日子，今天她要配干丧。乡亲们犹豫再三，商议再三，到底还是众人凑钱寻了一个"男人"，而后又众人做主给这孤单了十四年的姑娘捏和了一个家。请来先生看过，这两人属相对，生辰八字也对。

坟边上放了两只描红画绿的干丧盒子，因为是放尸骨用的，所以都不大,每只盒子上都系了一根红带。两只被彩绘过的棺盒,一只里装了那个付钱买来的男人的尸骨;另一只空着,等一会儿,人们把坟刨开了,就把那十四年前的姑娘取出来,放进去,然后就合坟。再然后,村里一户出一个人头,到村长家的窑里吃荞麦面饸饹,浇羊肉炖胡萝卜块的臊子——这一份开销由村里出。这姑娘孤单得叫人心疼,爹妈远在千里以外的北京,一块来的同学们早就头也不回地走得一个也不剩,只有她留下走不成了。在阳世活着的时候,她一个人孤零零走了,到了阴间捏和下了这门婚事,总得给她做够,给她尽到排场。

锹和镢碰到砖和水泥砌就的坟包上,偶或有些火星迸射进干燥的空气中来。有人忧心地想起了今年的收成:"再不下些雨,今年的秋就旱塌了……"

明摆着的旱情,明摆着的结论,没有人回话,只有些零乱的丁当声。

"要是照着那年的样儿下一场,啥也不用愁。"

有人停下手来:"不是怎大的雨,玉香也就死不了。"

众人都停下来,心头都升起些往事。

"你说那年的雨是不是那条黑蛇发的?"

老支书正色道:"又是迷信!"

"迷信倒是不敢迷信,就是那条黑蛇太奇怪。"

老支书再一次正色道:"迷信!"

对话的人不服气:"不迷信学堂里的娃娃们这几天是咋啦?一病一大片,连老师都捎带上。我早就不愿意用玉香的陈列室做学堂,守着个孤鬼尽是晦气。"

"不用陈列室做教室,谁给咱村盖学堂?"

"少修些大寨田啥也有了……不是跟上你修大寨田,玉香还不一定就能死哩!"

这话太噎人。

老支书骤然愣了一刻,把正抽着的烟卷从嘴角上取下来,一丝口水在烟蒂上亮闪闪地拉断了,突然,涨头涨脸地咳嗽起来。老支书虽然早已经不是支书了，只是人们和他自己都忘不了，他曾经做过支书。

有人出来圆场："话不能这么说，死活都是命定的，谁能管住谁？那一回，要不是那条黑蛇，玉香也死不了。那黑蛇就是怪，偏偏绳甩过去了，它给爬上来了……"

这个话题重复了十四年，在场的人都没有兴趣再把事情重复一遍，丁丁当当的金属声复又冷冷地响起来。

那一年，老支书领着全村民众，和北京来的学生娃娃们苦干一冬一春，在村前修出平平整整三块大寨田，为此还得了县里发的红旗。没想到，夏季的头一场山水就冲走两块大寨田。第二次发山洪的时候，学生娃娃们从老支书家里拿出那面红旗来插在地头上，要抗洪保田。疯牛一样的山洪眨眼冲塌了地堰，学生娃娃们照着电影上演的样子，手拉手跳下水去。老支书跑在雨地里磕破了额头，求娃娃们上来。把别人都拉上岸来的时候，新塌的地堰将玉香裹进水里去了。男人们拎着麻绳追出几十丈远，玉香在浪头上时隐时现地乱挥着手臂，终于还是抓住了那条抛过去的麻绳。正当人们合力朝岸上拉绳的时候，猛然看见一条胳膊粗细的黑蛇，一头紧盘在玉香的腰间，一头正沿着麻绳风驰电掣般地爬过来，长长的蛇信子在高举着的蛇头上左右乱弹，水淋淋的身子寒光闪闪，眨眼间展开丈把来长。正在拉绳的人们发一声惨叫，全都抛下了绳子，又粗又长的麻绳带着黑蛇在水面上击出一道水花，转眼被吞没在浪谷之间。一直到三十里外的转弯处，山水才把玉香送上岸来。追上去的几个男人说山水会给人脱衣服，玉香赤条条的没一丝遮盖；说从没有见过那么白嫩的身子；说玉香的腰间被那黑蛇生生地缠出一道乌青的伤痕来。

后来，玉香就上了报纸。后来，县委书记来开过千人大会。后来，就盖了那排事迹陈列室。后来，就有了那座坟，和坟前那块碑。碑的正面刻着：知青楷模，吕梁英烈。碑的反面刻着：陈玉香，女，一九五三年五月五日生于北京铁路工人家庭，一九六八年毕业于北京第三十七中学，一九六九年一月赴吕梁山区岔上公社土腰大队神峪村插队落户，一九七二年八月十七日为保卫大寨田，在与洪水搏斗中英勇牺牲。

报纸登过就不再登了，大会开过也不再开了。立在村口的那座孤坟却叫乡亲们心里十分忐忑：

"正村口留一个孤鬼，怕村里要不干净呢。"

可是碍着玉香的同学们，更碍着县党委会的决定，那坟还是立在村口了。报纸上和石碑上都没提那条黑蛇，只有乡亲们忘不了那慑人心魄的一幕，总是认定这砖和水泥砌就的坟墓里，聚集了些说不清道不白的哀愁。荏苒便是十四年。玉香的同学们走了，不来了；县委书记也换了不知多少任；谁也不再记得这个姑娘，只是有些个青草慢慢地从砖石的缝隙中长出来。

除去了砖石，锹镢在松软的黄土里自由了许多。渐渐地，一伙人都没在了坑底，只有银亮的镢头一闪一闪地扬出些湿润的黄色来。随着一脚蹬空，一只锹深深地落进了空洞里，尽管是预料好的，可人们的心头还是止不住一震：

"到了？"

"到了。"

"慢些，不敢碰坏她。"

"知道。"

老支书把预备好的酒瓶递下去：

"都喝一口。"

会喝的，不会喝的，都吞下一口，浓烈的酒气从墓坑里荡出来。

木头不好，棺材已经朽了，用手揭去腐烂的棺板，那具完整的尸骨白森森地露了出来。墓坑内的气氛再一次紧绷绷地凝冻起来。这一幕也是早就预料的，可大家还是定定地在这副白骨前怔住了。内中有人曾见过十四年前附在这尸骨外面的白嫩的身子，大家也都还记得，曾被这白骨支撑着的那个有说有笑的姑娘。洪水最后吞没了她的时候，两只长长的辫子还又漂上水来，辫子上红毛线扎的头绳还又在眼前闪了一下。可现在，躺在黄土里的那副骨头白森森的，一股尚可分辨的腐味,正从墓底的泥土和白骨中阴冷地渗透出来。

老支书把干丧盒子递下去:

"快,先把玉香挪进来,先挪头。"

人们七手八脚地蹲下去,接着,是一阵骨头和木头空洞洞的碰撞声。这骨头和这声音,又引出些古老而又平静的话题来:

"都一样,活到头都是这么一场……做了真龙天子他也就是这个样。"

"黄泉路上没老少,惜惶的,为啥挣死挣活非要从北京跑到咱这老山里来死呢?"

"北京的黄土不埋人?"

"到底不一样。你死的时候保险没人给你开大会。"

"我不用开大会。有个孝子举幡,请来一班响器就行。"

老支书正色道:"又是封建。"

有人揶揄着:"是了,你不封建。等你死了学公家人的样儿,用火烧,用文火慢慢烧。到时候我吆上大车送你去。"

一阵笑声从墓坑里轰隆隆地爆发出来,冷丁,又刀切一般地止住。老支书涨头涨脸地咳起来,有两颗老泪从血红的眼眶里颠出来。忽然有人喊:

"呀,快看,这营生还在哩!"

四五个黑色的头扎成一堆,十来只眼睛大大地睁着,把一块红色的塑料皮紧紧围在中间:

"是玉香的东西!"

"是玉香平日用的那本《毛主席语录》。"

"呀呀,还在哩,书烂了,皮皮还是好好的。"

"呀呀……"

"嘿呀……"

一股说不清是惊讶,是赞叹,还是恐惧的情绪,在墓坑的四壁之间涌来荡去。往日的岁月被活生生地挖出来的时候竟叫人这样地毛骨悚然。有人疑疑惑惑地发问:

"这营生咋办？也给玉香挪进去？"

猛地，老支书爆发起来，对着坑底的人们一阵狂喊：

"为啥不挪？咋，玉香的东西，不给玉香给你？你狗日还惦记着发财哩？挪！一根头发也是她的，挪！"

墓坑里的人被镇住，蔫蔫的再不敢回话，只有些粗重的喘息声显得很响，很重。

大约是听到了吵喊声，院门前的那只纺锤停下来，苍老的手在眼眉上搭个遮阴的凉棚：

"老东西，今天也是你发威的日？"

挖开的坟又合起来。原来包坟用的砖石没有再用。黄土堆就的新坟朴素地立着，在漫天遍野的黄土和慈祥的夕阳里显得宁静，平和，仿佛真的再无一丝哀怨。

老支书把村里买的最后一包烟撕开来，数了数，正好，每个人还能摊两支，他一份一份地发出去；又晃晃酒瓶，还有个底子；于是，一伙人坐在坟前的土地上，就着烟喝起来。酒过一巡，每个人心里又都升起暖意来。有人用烟卷戳点着问道：

"这碑咋办？"

"啥咋办？"

"碑呀。以前这坟底埋的玉香一个人，这碑也是给她一个人的。现在是两个人，那男人也有名有姓，说到哪去也是一家之主呀！"

是个难题。

一伙人闷住头，有许多烟在头顶冒出来，一团一团的。透过烟雾有人在看老支书。老人吞下一口酒，热辣辣的一直烧到心底：

"不用啦，他就委屈些吧，这碑是玉香用命换来的，别人记不记扯淡，咱村的人总得记住！"

没有人回话，又有许多烟一团一团地冒出来，老支书站起来，拍打着屁股上的尘土：

"回去，吃饸饹。"

看见坟前的人散了场，那只旋转的纺锤再一次停下来。她扯过一根麻丝放进嘴里,缓缓地用口水抿着,心中慢慢思量着那件老伴交待过的事情。沉下去的夕阳,使她眼前这寂寥的山野又空旷了许多,沉静的思绪从嘴角的麻丝里慢慢扯出来,融在黄昏的灰暗之中。

吃过饸饹,两个老人守着那只旋转的纺锤熬到半夜,而后纺锤停下来:

"去吧?"

"去。"

她把准备好的一只荆篮递过去:

"都有了,烟、酒、馍、菜,还有香,你看看。"

"行了。"

"去了告给玉香,后生是属蛇的,生辰八字都般配。咱们阳世的人都是血肉亲,顶不住他们阴间的人,他们是骨头亲,骨头亲才是正经亲哩!"

"又是迷信!"

"不迷信,你躲到三更半夜是干啥?"

"我跟你们不一样!"

"啥不一样?反正我知道玉香惜惶哩,在咱窑里还住过二年,不是亲生闺女也差不多……"

女人的眼泪总是比话要流得快些。

男人不耐烦女人的眼泪,转身走了。

没有星星,也没有月亮,很黑。

那只枣红色的纺锤又在油灯底下旋转起来,一缕一缕的麻又款款地加进去。蓦地,一阵剧烈的咳嗽声从坟那边传过来,她揪心地转过头去。"吭——吭"的声音在阴冷的黑夜深处骤然而起,仿佛一株朽空了的老树从树洞里发出来的,像哭,又像是笑。

村中的土窑里,又有人被惊醒了,僵直的身子深深地淹没在黑暗中,怵然支起耳朵来。

人 心

赏析／浪 客

　　厚厚的泥土埋住了抗洪烈士玉香的灵魂，深藏了村民当年的愧疚……不知是上天的残忍还是黑蛇的恶毒，夺取了年轻少女玉香的性命……也许，也许是村民那时的惊慌与自私，使玉香白白牺牲。"报纸登过就不再登了，大会开过也不再开了。立在村口的那座孤坟却叫乡亲们心里十分忐忑"……

　　人们的内心是自私的，是胆小的，倘若，当年村民没有松开绳子；倘若，当日村民没有如此胆怯；倘若，当时村民回想一下玉香是为保寨田跳进洪水……现在的玉香可能是几个娃娃的妈妈。

　　我们不能只想着获取，在获取的同时，要向别人奉献，要不然，会愧疚终身！

　　我们到了警察总局，看到一个非常年轻美丽的姑娘，得知是菲利普小姐。她面色苍白神情沮丧，但竭力自我克制着。

智慧拼图

踏步孩提时

拼出人生智慧,砌出生活道理。这里有学问,有经验,有教训,有激励……记着学问,记着经验,记着由错误中得来的教训,记着别人幸灾乐祸所给你的激励……

用有趣的小说来拼出你的七彩人生吧!

　　每年去世的人难以计数，但像他这样将对商业执著坚持到最后的人又有几个？现在我们终于明白了他为什么会成为千万富翁。

千万富翁的秘密

● 文/流　沙

　　商人出生在一个嘈杂的贫民窟里。和所有出生贫民窟的孩子一样，他爱好争斗、喝酒、吹牛和逃学。

　　惟一不同的是，他天生有一种赚钱的能力。他把一辆街上捡来的玩具车修整好，让同学们玩，然后每人收取半美分，他竟然在一个星期之内赚回一辆新的玩具车。他的老师对他说："如果你出生在富人家庭，你会成为一个出色的商人，但是，这对你来说不可能，也许能成为街头的一位商贩已经不错了。"

　　他初中毕业后，真的成为一个商贩，正如他的老师所说，在他的同龄人当中，已是相当体面了。他卖过小五金、电池、柠檬水，每一样都做得得心应手。让他发迹的是一堆服装。

　　这些服装来自日本，全是丝绸的，因为海轮运输当中遭遇风暴，结果有染料浸染了丝绸，数量足有一吨之多。

　　这些被污染的丝绸成了日本人头疼的东西，他们想处理掉，但却无人问津。想搬运到港口，扔进垃圾箱，又怕被环保部门处罚。于是，日本人打算在回程的路上把丝绸抛到大海中。

　　商人在港口的一个地下酒吧喝酒，这是他夜晚的乐园。那天他喝醉了，步履蹒跚地走到一位日本海员旁边时，海员正在说那些令人讨厌的丝绸。

第二天,他就来到了海轮上,用手指着停在港口的一辆卡车对船长说:"我可以帮助你们把丝绸处理掉。"

他不花任何代价拥有了这些被染料浸过的丝绸。他把这些丝绸制成迷彩服一般的衣服、领带和帽子,几乎是在一夜之间,他靠这些丝绸拥有了十万美元的财富。

现在他已不是商贩,而是一个商人了。

有一次他在郊外看上了一块地,他找到地的主人,说他愿花十万美元买下来。

主人拿了他的十万美元,心里嘲笑他真愚蠢,这样偏僻的地段,只有呆子才会这么干。

但令人意料不到的是,一年后,市政府对外宣布在郊外建造环城公路,他的地皮升值了一百五十多倍。城里的一位富豪找到他,甚至愿意出两千万美元购买他的地,富豪想造一个别墅群。

商人没有出卖他的地,他笑着告诉富豪:"我还想等等,因为我觉得它应该还值更多。"

三年后,他的地皮值两千四百多万美元,他成为城里的一位新贵,可以像上层人一样出入高贵的场所了。

他的同道们想知道他是如何获得这些消息的,甚至怀疑他和市政府的高级官员有来往,但结果令他们失望,商人没有任何一位在市政府任职的朋友。

商人的发迹传奇好像是一个谜。

商人活了七十七岁,临死前,他让秘书在报纸上发布了一则消息,说他即将赴天堂,愿意给别人去世的亲人带口信,每则收费一百美元。结果他赚了十万美元,如果他能在病床上多坚持几天,可能赚的还会更多些。他的遗嘱也十分特别,他让秘书再登一则广告,说他是一位礼貌的绅士,愿意和一个有教养的女士同卧一块墓穴。结果,一位贵妇人愿意出资五万美元和他一起长眠。

有一位资深的经济记者报道了他生命最后时刻的经商经历,记者在文中感叹道:"每年去世的人难以计数,但像他这样对商业执著坚持到最后的人又有几个？现在我们终于明白了他为什么会成为千万富翁。"

执著的精神

赏析／欧积德

　　很多人从小就渴望成功,而成功的秘诀在哪里呢?小说主人公从小出生在贫穷家庭,被老师认为不可能成为一个出色的商人,可是,最后他还是成为了千万富翁。原因在哪里呢? 小说通过一系列的事例,层层深入,慢慢道来,让我们不由自主地想看下去。他,小学时候能够靠捡来的玩具车赚回一辆新的玩具车;初中毕业后能够把各种生意做得得心应手;更加让人关注的是,他竟然用一些没有用的丝绸赚了十万美元;之后他又冒着让人嘲笑他愚蠢的危险买下一块土地,最终靠这块土地的升值成为千万富翁。作者娓娓叙述,然而我们还是没有知道秘密是什么,留给我们的是悬念,是思索。

　　文章继续下去,即便到了要死的时候,他也没有放过任何一丝赚钱的机会,在生命的最后一刻他还赚了一笔钱,他是真正意义的成功了! 通过细致地阅读《千万富翁的秘密》,我们终于获得了答案,那就是:成功需要一种执著的精神,即便是到死的时候也不放过任何一丝的机会。故事启发我们:如果要成就一项事业,就要有执著的精神,要学会把握机会,这对于我们的学习、生活都是很有教育意义的。

　　大豆和玉米面对面地、友好地微笑着，突然，又同时地伸出双手紧紧地握在一起，久久，久久地不分开。最后，它们都不约而同地说："好哇，就让我们世世代代为邻吧。"

玉米和大豆的友谊

●文/邓国屏　武宝兰

　　雨过天晴了。大片地里的玉米，由于雨水的冲刷，片片绿叶都更加青翠；由于喝足了水，棵棵都挺直了腰杆，精神十足地沉浸在欢声笑语之中。只有一棵玉米例外。它虽一身青翠，却无暇欣赏自己的美丽，它虽精神十足，却未汇入欢声笑语的长河。它只顾弯着腰，专心地注视着身边的那块土地。土地微微地颤动着，孕育着不可阻挡的活力。它定睛地观察着，一会儿，看到一块小小的土皮被一个小小的淡黄色的幼芽顶起。

　　幼芽摆脱了土皮的压力，舒展身体，挺挺腰肢，睁开眼睛，见十几厘米高的玉米在看着自己，便不好意思地点点头，微笑着说了声："你好！"

　　玉米连忙欣喜地说："你好，原来又有一个小弟弟出世了。"

　　"不，我不是玉米，"幼芽认真地说，"是大豆。所以，不能说我是你的小弟弟，只能是你的邻居。"

　　"啊，原来你是大豆，真遗憾。"玉米摊开两手，表示很失望。

　　"有什么可遗憾的？不是弟弟，是邻居也很好嘛，你忘了，常言道：'远亲不如近邻嘛。'"

　　面对大豆的一番理论，玉米不免有些尴尬，它笑笑说："对，对，你这小家伙还真懂道理。你放心。我会处处照顾你，让着你这位近邻。绝不会欺负你，与你争地盘和肥料的。"

"哪里，哪里，我不是这个意思，"大豆笑着说，"我不是要你让我，相反，我会主动让你的。"

"你虽不是我弟弟，但论年龄，讲个头，我总比你大，怎么也得让你，哪有小的让大的？"

"怎么没有，'孔融四岁能让梨'，这不是小的让大的吗？你怎么就忘了？"大豆理直气壮地说，"请你相信，我就是你眼前的孔融。我说话是算数的，不信，咱们拉钩。"说完，真的伸出自己的小拇指去钩住了玉米的一根小手指。

"昭昭昭昭，昭昭昭昭……"

听到了一阵叫声，正在拉钩的玉米和大豆忙循声望去，才发现旁边有一只金翅小蟋蟀。玉米忙问：

"小蟋蟀，你笑什么？"

"昭昭昭昭，我在笑你们。"

"我们有什么好笑的。"玉米说，"做邻居不该互敬互爱，友好相处吗？"

"是啊，只有这样，才能使大家都长得枝繁叶茂，硕果累累呀。"大豆说。

"说的倒是好听，现在没遇到矛盾，怎么都好说，"金翅小蟋蟀撇了撇嘴，又说，"一旦有了利害冲突的时候，定会你争我夺，非搞得头破血流不可。"

"请不要以小人之心度君子之腹吧。谁像你们蟋蟀！"大豆一面辩驳，一面耐心地劝说，"依我看，你们也该改一改那好斗的脾气。有事没事，动不动就吵架。其结果，不是一死一活，就是两败俱伤，这又何苦呢。"

"哼，先不要说别人，等着瞧吧！"金翅小蟋蟀不服气地一蹦一跳地走了。

玉米和大豆说到做到，它们果真和睦相处；一同沐浴阳光，分享地下水分和营养,高高兴兴地一天天长大起来。

好斗的金翅小蟋蟀坚信自己的预言一定会实现,在它吃饱睡足,无事可干的时候,常常蹦蹦跳跳地转到大豆和玉米的附近观看动静。这天,它发现玉米的根不断向旁边延伸,已经进入了大豆根的领地。它替大豆不平,便悄悄地对大豆说:

"你看,玉米多么不像话,根都侵入到你这边来了,我去帮你把那条根咬断吧。"

"别,别,那可不行,不能这样做!"大豆坚决制止。

"怎么?你怕它的个子比你大,是吗?有我在,你怕什么?我最不能容忍以强欺弱,以大欺小。"金翅小蟋蟀说着就张开大嘴,龇着牙朝玉米的根扑去。

"不行,不行,"大豆忙拉住金翅小蟋蟀解释道,"我不是怕它个子大,而是怕咬断了它的根,就会影响它的生长发育,我们不能做伤天害理的事。"

"不咬断它,你怎么生长!"金翅小蟋蟀愤愤不平。

"不要紧,我的根可以向下扎,照样可以生长得很好。谢谢你的关心。"

劝阻了金翅小蟋蟀,大豆又回头看看玉米,玉米正在往回缩自己伸出去的根,由于用力,憋得满脸通红,发现大豆在看自己,便不好意思地说:"真对不起,侵占了你的地盘,这根不知怎么搞的,不往深处长,尽往旁边伸,一下子就伸得这么长。"显然,玉米已经听到了大豆与小蟋蟀的谈话。

大豆笑了笑,安慰玉米道:"没关系,你尽管往我这边伸展吧,伸展开了,才能长得好。你不用考虑会不会影响我的生长,我的根可以向深层发展。"

本来就使劲约束自己的玉米,一听大豆的话,很受感动。这下,它彻底伸展了自己的根,顿时觉得浑身舒服,便连声说:"谢谢你,太谢谢你了。"

大豆说:"没什么,不用谢,你什么时候还需要帮助,就尽管说,请不要客气，我一定会尽力的。"

"就你这点儿能耐，能帮这个忙已经很不错了，哪能指望你再帮别的什么忙呢。"听了大豆的话，玉米心中虽然这样想，但还是说："不好意思，不好意思。"

过了几天，农夫施了大量氮肥以后，玉米一方面很自觉地取用了肥料的一半，以为那另一半理当归大豆取用；一方面又感到这点儿氮肥不足，怕影响自己的发育。正当心中为此而着急、苦恼的时候，不料大豆竟将那另一半氮肥主动送了过来，并对玉米说：

"这些氮肥你用吧。我知道你会需要得更多。"

玉米一听，喜出望外，顿有雪中得炭的感觉，忙伸手去接，可是，又猛地将手缩了回来，说："不，不，氮肥是大家都需要的，还是留着你自己用吧。"

"客气什么！"大豆坚持送过来说，"我根上附有根瘤菌，它已经为我制造了很多氮肥。所以，农夫施的氮肥，我需要的不多。"见玉米还是不接，便顺手将氮肥放在玉米身旁，接下去说："我把它放在这里，你随便用，用多少取多少，如果还不够，根瘤菌制造的氮肥你也可以用，不要客气。"

就这样，玉米得到了充足的氮肥，一到了秋天，丰收了，它高兴地谢谢大豆的让肥之恩。

大豆抖抖果实累累的自身，说："你看，我不是也丰收了吗？"

"是的，祝贺你的丰收。"玉米说。

大豆抬起头，向上伸出自己的手，紧紧地握住玉米的手说："这也要感谢你呀。"

"我有什么可感谢的。"玉米被大豆说得有点摸不着头脑。

大豆笑着说："为别人做了好事，你自己还不知道哇。你高大的身躯为我遮挡了炎炎烈日，使我免去了暴晒之苦。咱们联合作战，使繁茂的枝叶覆盖了地面，减少了土壤中水分的蒸发，抑制了丛生的杂草，为我创造了良好的生活条件。因此，我才能获得今日的丰收，你说，不该谢谢你吗！"

"好了,好了,我真佩服你高尚的品格,你不惜一切地帮助别人,不居功,不骄傲,同时还能发现别人的优点,真不愧是我的好邻居,希望我们明年还能在一起。"

"哟,金翅小蟋蟀,你也为我们庆祝丰收来了?"玉米和大豆高兴地异口同声说,"哎,你怎么不抬头哇?"

"昭昭,昭昭,惭愧,惭愧!昭昭……"金翅小蟋蟀头也不抬地蹦跳着钻进土块下面不见了。

大豆和玉米面对面地、友好地微笑着,突然,又同时伸出双手紧紧地握在一起,久久,久久地不分开。最后,它们都不约而同地说:"好哇,就让我们世世代代为邻吧。"

友谊万岁

赏析／黄珍珍

在我们生活的星球上,处处都有友谊的存在,不仅人类,还有动物们和植物们。你看,玉米和大豆也有它们珍贵的友谊。

在玉米地里,大豆和玉米生活在一起。但是它们并没有发生不愉快的事情,反而是互相帮助,互相照顾,直到大家都开了花,结了果。

大豆和玉米之间有真正的友谊,我们人类更要有这样的精神。人与人之间交往,要以真诚的心去对待,真正的友谊才会让大家生活在一个友好的环境里,生活在快乐里。友谊是伟大的,你看,正是因为大豆和玉米互相帮助,才会在恶劣的生存环境下生活得好好的,照样成长起来。如果我们大家凡事都互相帮助,那么友谊的力量是不可估量的。当然,我们也还要看到小蟋蟀不分事实的一面,我们不能像小蟋蟀那样盲目去相信表面的现象,对人要真诚,这样的友谊才有真正的意义。

友谊,在我们的生活中是不可缺少的一部分,相信大家都体会过友谊的力量,友谊的力量是伟大的。所以,让我们共同努力,为伟大的友谊说声:友谊万岁。

人在世界上活着，要学会对别人友善。

塞格林根的小理发师

● 文/[德]黑贝尔

　　人千万不可试探上帝，也千万不可引诱敌人。就说去年秋天吧，一个军队里来的陌生人，走进了塞格林根的一家酒店里。他满脸长着大胡子，模样怪里怪气，看上去很不好惹似的。他在要吃要住之前，先问老板："贵地难道连个能给我刮脸的理发师都没有吗？"

　　老板回答有，连忙去把理发铺的师傅给找了来。

　　陌生人便对理发师说："给我修修面，我这脸皮可有点儿敏感啊。要是你能不刮破我的脸皮，大爷我赏你四个克隆塔勒（约合四百五十芬尼）。可要是你敢伤了我，大爷便一刀捅死你。你可并非头一个哦。"

　　理发师胆战心惊，因为陌生人的样子并不是闹着玩儿，在他旁边的桌子上确实放着一把寒光闪闪的尖刀,理发师听完便溜之大吉,回头便派来了一个伙计。陌生人照样说了刚才那些话,伙计也逃之夭夭。最后派来了个小徒弟。这小家伙可就叫钱把眼睛给打花啦,心里想:"咱来干。要是闹得好,没刮伤他,咱就可以拿这四个克隆塔勒去年市上买件新上衣外加一根放血器,就算没闹好吧,咱也自有办法对付他。一边儿想一边儿就动起手来。陌生人也静静待着,全不知道自己正处在可怕的死亡的危险之中。大胆的小徒弟呢,不慌不忙地让剃刀在陌生人的脸上和鼻子周围游来荡去,就跟在挣六芬尼和割一块火绒或者吸水纸什么似的。根本不是为了四个克隆塔勒在干着一件性命攸关的事。终于,他刮干净了陌生人脸上的胡须,侥幸地既未碰伤他的皮,也未刮出他的血,可在做完活儿后,他仍在心里嘀咕了一句:"感谢上帝保佑!"

陌生人站起来,在镜子里把自己端详了一下,用毛巾擦干面孔,然后一边给小学徒四个克隆塔勒,一边说:

"我要问你,小伙子,是谁给你胆量替我刮胡子的?你的师傅和师兄可都吓得逃回去了啊。须知你只要刮破我一点儿皮,我就会一刀捅死你。"

小徒弟笑嘻嘻地谢过了客人给他的丰厚报酬,回答道:

"老爷,您才捅不到咱哩。只要您一哆嗦,表明咱把您脸皮刮破了,咱就会抢在您前头,用剃刀割断您的喉管,然后拔腿便跑。"

听了这番话,陌生人才想到自己刚才所冒的风险,顿时面无人色,心中产生了极大的恐惧。他额外又赏了小伙子一个克隆塔勒。他从此再不对任何理发师讲:

"当心别刮破咱一点儿皮,否则咱一刀捅死你!"

别仗势欺人

赏析／欧积德

　　人在世界上活着，要学会对别人友善。今天，你对朋友友善了吗？友善待人是一种美好的品德，而仗势欺人，那是一种小人的行为，这种人，自然会有人去对付他的。《塞格林根的小理发师》就讲述了这样的一个道理。一个陌生人去理发的时候，总要说："当心别刮破咱一点皮，否则咱一刀捅死你！"因此很多理发师都不敢给他理发。后来有一个小理发师帮他理发了，并用机智战胜了陌生人，使陌生人以后都不敢仗势欺人了，读到这里，我们感到大快人心。

　　所以啊，待人一定要友善，这是我们做人应该具备的品质，是我们从小就应该开始培养的品质。记住，千万不要因为自己在某些方面比别人有优势就欺负别人，这种人是不会受人家欢迎的，也不会成为对社会有用的人！

在生活中，我们不要欺骗别人，也不要胡乱猜忌别人是否欺骗你。

金 鸟

●文/佚 名

古时候西边有一个国王，他的宫廷里种了一棵会结金苹果的树。

有一天，树上的金苹果少了一个。国王非常生气，决心要抓住这个偷金苹果的小偷。

第二天晚上，国王就让大王子守在树下，看守长在树上的金苹果。可是到了半夜，大王子就睡着了。天亮后，国王一数金苹果，发现又少了一个，他把大王子臭骂了一顿，接着命令二王子去看守苹果树。二王子守到半夜，也打起瞌睡。金苹果又少了一个，国王气极了，叫三王子去看守苹果树。

三王子守到半夜，忽然听到一个奇怪的声音。啊，原来是一只美丽的金鸟飞来偷金苹果。他对准金鸟射出一支箭，可惜没射中，金鸟还是衔着金苹果飞走了，只掉下几片金黄的羽毛。国王看见羽毛，十分高兴，命令大王子去寻找那只金鸟。

大王子离开城堡后，遇到一只狐狸，狐狸说："你是去找金鸟的吧。我告诉你，前面有一个村庄，今晚住店的时候，不要住那家豪华的，最好住那家简陋的。"大王子很不客气地说："谁听你这只笨狐狸胡说八道。"国王等不到大王子的消息，就命令二王子去找金鸟。

二王子来到大王子住的那家豪华旅店，看见大王子正在喝酒。二王子迷迷糊糊和大王子就喝起酒来，把找金鸟的事早忘到脑后去了。二王子一去没有消息，这可急坏了国王，他把三王子找来说："你去找金鸟吧！快去快回。"

三王子出了城堡后，也遇到了那只狐狸。狐狸把他对大王子、二王子说过的话对三王子也说了一遍。三王子表示愿意听狐狸的，于是狐狸让他骑在背上，狐狸飞快奔跑，送三王子住进了那间简陋的旅店。

第二天早上，狐狸对三王子说："我带你去找金鸟吧！"三王子高兴极了，骑在狐狸的背上，就像骑马一样，很快来到一座古老的城堡内。在古堡里，三王子果然见到了金鸟，刚准备抓，金鸟突然喊道："来人哪，有贼。"

三王子被卫兵抓住了，送到古堡的国王面前，国王说："如果你能找到一匹金马，我就饶你一条命。"可是金马在哪儿呢？三王子垂头丧气地走出古堡。

那只狐狸又出现了，又背着三王子跑到另一个城堡。在这个城堡的马厩里，果然有一匹金马。三王子刚准备把金马牵走，金马叫起来："快来人哪，有贼！"三王子被卫兵捉住，带到这个城堡的国王面前。这位国王说："要想我不杀你，除非你能找到金公主。"可是金公主在哪儿呢？正当三王子想不出办法的时候，那只狐狸又出现了。他背着三王子来到金城。在花园里，果然找到了金公主。

　　这次狐狸使用法术，让三王子得到了金公主。又告诉他假装把金公主送给国王，然后骑上金马带着金公主跑掉。又按狐狸说的，三王子见到了另一个国王，假装给他金马，拿上金鸟后，骑上金马就跑。这样三王子不仅得到了金鸟，而且得到了一位漂亮的金公主，还有一匹金马。

　　回家的路上，三王子发现他的两个哥哥被别人抓住要杀头，罪名是欠钱太多。原来大王子和二王子整日花天酒地，已经还不起欠债。三王子帮他两个哥哥还了债，救了他们。可是，大王子和二王子并不感谢三王子，反而把三王子推到井里抢走了金公主、金马、金鸟，回家领赏去了。

　　又是那只狐狸，把三王子从井底救了出来。

　　国王见大王子、二王子带回了金鸟，还带回来金马和金公主，非常高兴。可是金公主每天都伤心地哭，金马不吃草，金鸟也不唱歌，国王也不知是什么原因。正在这时，王宫里来了一位乞丐。说来奇怪，金公主看到他再也不哭了，金马高兴地吃草了，金鸟也唱起了歌。国王不禁愣住了。原来，这位乞丐就是三王子。金公主当着大家，把大王子、二王子做的坏事统统告诉了国王。

　　国王明白了，决定立三王子为王位继承人，并让他马上和金公主结婚。

　　那只经常帮助三王子的狐狸是谁呢？原来，他就是金公主的哥哥。

要做善良的人

赏析／黄珍珍

　　《金鸟》这个故事告诉我们，做人就要做善良的人。三王子就是一个非常善良、勇敢的王子。

　　因为金鸟偷国王的金苹果，所以国王要三个王子去捉回偷金苹果的金鸟。但是大王子和二王子都好吃懒做，不听狐狸好心的劝告，在豪华的旅店大吃大喝，结果差点儿被人砍了头。三王子有着一颗善良的心，他相信了狐狸说的话，一路上不怕困难，坚持寻找金鸟。最后找到了偷金苹果的金鸟，还救出了美丽的金公主，并且在回来的路上把两个忘恩负义的哥哥救了出来。

　　如果，三王子也像两个哥哥一样不相信狐狸说的话，认为狐狸就是专门骗人的，那么三王子也不可能找到金鸟。

　　在生活中，我们不要欺骗别人，也不要胡乱猜忌别人是否欺骗你。但是，"害人之心不可有，防人之心不可无"也是很有道理的。总之，我们就要本着人的本性，做一个善良的人。

他们疏忽了花儿，也就是疏忽了自己的责任心；他们漏掉了水，其实就是漏掉了心灵里的那份美丽——而这仅仅是因为心上有一个缺口。

让缺口成为一种美丽

● 文/佚 名

市郊一家占地百余亩的大型花卉中心高薪招聘一位业务经理，前来应聘的挤破了经理办公室。

经过统一面试、考试，最后剩下三个小伙子。他们都是对花艺了如指掌又有涉外能力的人才。在这种难以一锤定音的情况下，经理决定再给他们三人安排一次考试。

考试的内容令人意想不到，经理让他们每人挑半天水。在这样一个讲效率讲经济的时代，把挑水作为考试内容似乎有些小题大做。面对他们惊诧不已的表情，经理指着后院五十口大缸说："在没有自来水的时候，五十口大缸就是花儿的生命。"说完，他找来一副水桶。

然而，有一只水桶的底部有一个小小的缺口，这再次让他们惊诧得张大嘴巴，百思不得其解。但他们想几番考试都顺利通过了，难道还怕挑水不成。

于是第一位信心百倍地出发了。水塘在离花卉中心一里地外，这样挑起水来难免吃力，何况一只水桶还渗水，每次到达后那桶水就只剩下半桶了，真是吃力不讨好。但想到也许这正是经理在考验自己的能力。他咬着牙顶着如火的烈日在三个小时的考试时间里足足挑了十缸水。

路才延折时
感动系列

117

　　经理看着这个憨厚的小伙子被水溅湿的鞋和一路洋洋洒洒的水迹,点点头让他回去休息。

　　下午,第二位又出发了。他聪明多了,用塑料袋铺在有缺口的水桶底部。这样,渗出的水就少了许多,所以他轻松地挑了十五缸水。

　　第三位应聘者在办公室耗了一天,心如擂鼓,不知那两位成绩如何。他是这三个人当中最瘦小的。

　　次日清晨,他特意吃得足足的,虽然他知道自己可能不是另外两位的对手,但他仍希望奇迹会出现。所以,他挑着水桶向着水塘走去,一路给自己打气。可是成绩却实在不尽如人意,他只挑了七缸水。

　　经理当场宣布录用的人是——第三位。

　　另两位愤愤不平,经理知道他们也十分卖力,便默不作声地领他们去了那条通向水塘的小路,不温不火地对他们说:"你们有没有发现这条路与你们挑水时有什么不同?"

　　那两位不知经理的用意,面面相觑。

　　经理温和地一笑:"你们挑水时,这条路上洒满了水,因为你们眼里只有这份高薪工作;而最后一位同样挑了三个钟头的水,路上几乎没有一滴水,因为他的眼里看见了花儿,他把漏下的水给了路两旁的花儿。"

　　他们这才看到,小路两旁的花儿在被洒下的水的滋润下,迎着烈日开得正艳。

　　他们疏忽了花儿,也就是疏忽了自己的责任心;他们漏掉了水,其实就是漏掉了心灵里的那份美丽——而这仅仅是因为他们的心上有一个缺口。

多一份爱心与责任心

赏析／欧积德

日常生活中,有很多小事需要我们去关注,而我们用什么去关注呢?这就需要我们时刻培养自己的爱心与责任心。《让缺口成为一种美丽》就是这样一篇教育意义很大的趣味小说。

同样是三个对花艺了如指掌的优秀年轻人,都有能力做公司的业务经理,可是结局为什么不一样呢?在经理出的考题中,三个年轻人都努力去做了,可最后经理录用了挑水最少的那个年轻人,就是因为这个年轻人比其他两个人多了一份爱心与责任心。正如经理所说的,"因为,他的眼里看见了花儿,他把漏下的水给了路两旁的花儿。"所以,在日常生活中,多一份爱心与责任心,就是多一份成功的机会,更重要的是,这是我们做人所需要的美好品质。那么就让我们把水留给花儿,而不要漏掉心灵里的那份美丽吧。

那个缺口是怎样成为美丽的呢?这是因为有了爱心与责任心,当水从缺口漏下,而年轻人却把缺口对准了路两旁的花儿,漏出的水并没有浪费掉,滋润了路两旁的花儿,花儿在水的滋润下,在阳光的映照下,变得分外美丽,缺口也被映照得很美丽了。其实不管在什么时候,只要我们多一份爱心与责任心,我们也能够让平淡的生活变得美丽。

踏步孩提时

感动系列

一句因为仁爱而说的谎话，连上帝也会装着没有听见。

六个人的一生和
一句仁爱的谎言

● 文/叶倾城

一八四八年，美国南部一个安静的小镇上，刺耳的枪声划破了午睡的沉寂。他是刚入警局不久的年轻助手，随警长匆匆出动。

一位年轻人被发现倒在卧室地板上，身下一摊血迹，右手已无力地松开，手枪滚落在地。身边的遗书笔迹纷乱，而他钟爱的女子在昨天与另一个男人走进了教堂。

死者的六位亲人都呆呆地伫立着，他禁不住向他们投去同情的一瞥，知道他们的哀伤与绝望，不仅因为生命的陨灭，对于基督教徒来说，自杀便是在上帝面前犯了罪，他的灵魂从此将在地狱里饱受烈焰焚烧。而风气保守的小镇居民，从此不会有好人家的男孩子约会自家的女儿，也不会有良家女子肯接受自家儿子们的戒指与玫瑰。

这时，一直沉默着、紧锁双眉的警长突然开了口："不，这是谋杀。"他弯下腰，在死者身上探摸许久，忽然转过头来，用威严的语调问："你们有谁看见了他的银挂表吗？"

那块银挂表，镇上的每个人都认得，是那个女子送给年轻人惟一的信物。每个人都记得他是如何每五分钟便拿出来看一次时间，而阳光下挂表闪闪发光，仿佛一颗银色的、温柔的心。

所有的人都忙乱地否认。

警长严肃地站起身："如果你们都没看到，那就一定是凶手拿走了,这是典型的谋财害命。"

死者的亲人们号啕大哭起来,仿佛那根压断骆驼背的稻草自他们身上取下了,而邻居们也开始上门表达他们的慰问与吊唁。警长充满信心地宣布:"只要找到银挂表就可以找到凶手了。"

走出门外,他对警长的明察秋毫钦佩到无以复加的程度,他问:"我们该从哪里开始找起呢?"

警长的嘴角多了一抹偷偷摸摸的笑意,伸手慢慢地从口袋里掏出一块表。

他忍不住叫出声来:"难道是……"

警长看向周围广阔的草原,微笑道:"幸好任何人都知道,在大草原上要寻找一个凶手和寻找一株毒草是一样困难的。"

"他明明是自杀,你为什么硬说是谋杀呢?你让他的家人更加难过了。"

"但是他们不用担心灵魂的去向,而他们哭过之后,还可以像任何一个好基督教徒一样清清白白地生活。"

"可偷盗、说谎也是违背十诫的呀。"

警长锐利的眼睛盯牢他:"年轻人,请相信我,六个人的一生比阿西十诫的七倍还要重。而一句因为仁爱而说的谎话,连上帝也会装着没有听见。"

那是他遇到的第一桩案子,也是他一生中最重要的一课。

仁爱的谎言

赏析／欧积德

　　诚实是一种美德，谎言遭人唾弃。但是，有些时候我们仍然需要说谎，这个时候的谎言是因为对人心存仁爱而说的，为了帮助痛苦的人们摆脱心灵上的负担而说的，这个时候的谎言是美丽的，是可爱的，是善意的，是闪烁着仁爱的光芒的，是可以给别人帮助的。

　　故事中，警长帮助了死者的六个亲属，不让他们沉浸于哀伤与绝望中，因为这种哀伤与绝望是可以影响他们的一生的，严重的话，甚至会把自己的一生毁掉。所以，警长说了谎话，把自杀说成谋杀，这样就能够让死者的六个亲属不再以为是在上帝面前犯了罪，也不用担心灵魂的去向，从而能够轻松地生活。所以，我想，警长的谎言是善意的，因为他的出发点是仁爱。从这个故事中，我们可以学到，凡事都要变通，有些时候，我们可以说一些善意的谎言。当我们的亲人很悲痛的时候，我们可以说一些关切的谎言让他安心，这是仁爱；又如，当我们碰到坏人的时候，我们也可以说谎，骗走坏人，保护自己，这是自我保护和生存谋略。谎言不一定都是错的，关键的是我们要有一颗仁爱的心。

以他这样一个有经验的老店员,一开始怎么能判断失误到如此地步的? 解释只有一个:他啊,其实是善解人意,一个真正的绅士和朋友,也是一个很好的生意人!

开心的大脚姑娘

● 文/[美]玛丽·卡斯丁 译/邓 笛

学校后天将要举行一场盛大的舞会,届时,全校所有的英俊男生都会到场! 我想像着自己穿着那件新买的浅蓝色裙子,轻轻滑过舞池,裙裾飞扬,轻盈地转着圈。那该吸引多少异性的眼光,可我的那双——

砰! 我的幻想一下子摔到了地上,因为我看到了床的那头——我的脚在被子下面拱起了一个高高的小山包! 明天,我必须买一双合适的鞋子。要找到一双与我的裙子颜色相匹配的鞋子是容易的,但若要发现适合我那双像船一样大小的脚的舞鞋可就不那么简单了。

第二天,我起了一个大早,匆匆吃了早饭,急急忙忙登上了公交车。我已经盘算出我能想到的所有鞋店,决意要将它们一一踏遍。可是我却还是没有找到一双合我脚的舞鞋。我再也不能忍受鞋店里面的人那异样的眼光了。

……

看到了斯道特鞋厂的直销店。我知道希望渺茫,我知道还得伤一回自尊,但我孤注一掷!

"欢迎! 欢迎! "一进店,迎接我的是一只笼子里的鹦鹉。我心生胆怯,生怕自取其辱,临时改变主意,拔脚就想走,这时一位上了年纪的店员从柜台后迎了出来。"我能帮你做点什么? "他说。唉,一个老头儿能知道一个小姑娘的心事？

"我想你们店不会有适合我的鞋子。"我嗫嚅道，下意识地看了看自己的脚。

老头儿给我搬来一张椅子。"你先坐下。"他微微屈了一下腰，好像我是一个公主，"我马上就回来。"

他会拿出什么样的鞋？高帮系扣的老祖母鞋？这时，鹦鹉呱呱地叫着，像是在笑。

终于他捧着一只盒子出来了。他坐在一把旧凳子上，熟练地脱下我的鞋子，然后从盒子里拿出一只大大的舞鞋，迅速地穿在我的脚上。"好啦，"他说，"现在站起来，看看合适不合适。"

我站起身，脚几乎从舞鞋里脱落出来。老人扶我站稳。他错误地估计了我的尺码。这双鞋太大了，大得离谱，以前从来没有发生过这样的事情。我的脚仿佛是在游泳池里游泳！

这时，我突然感到从未有过的兴奋。

那个老头儿——我现在感到他是一个老绅士——眼睛闪着光。"哦，小姑娘，"他说，"这双鞋子显然不适合你。我去换一双小一点儿的。"

小一点儿的！我心中暗暗重复这句话，像是哼一首美妙的曲子。老绅士回来了，晃晃悠悠地抱着一大摞盒子，我几乎都看不见他了。

"也许我们在这里面可以找到一双适合你的。"

我一双接一双地试穿。金色的、粉红色的、白色的。老绅士——我现在又感到他是我的老朋友——坐在一张圆凳上，周围是一只只打开盖的盒子。我对他讲了我的舞会，还有我的裙子。

"哦，"他似乎感到我的事情非同小可，"这么说，我们还得把这些也试一试。"他说着把那些已经试穿的鞋子用力推到一边。然后小心翼翼地打开另一只盒子，拿出一双鞋。哇！这是我这一天见到的最漂亮的鞋子了：一双品蓝缎面的高跟鞋！当他为我把这双鞋套在脚上时，我感到我就是童话里那个最终嫁给王子的灰姑娘。刚好合适！我站起来，真想就在这个鞋店里翩翩起舞。

"我替你包装好。"他说，看上去他很高兴，就像是他自己买到了一双称心的鞋子。付过钱后,我又有点儿纳闷儿起来,以他这样一个有经验的老店员,一开始怎么能判断失误到如此地步的? 解释只有一个:他啊,其实是善解人意,一个真正的绅士和朋友,也是一个很好的生意人!

临走时,鹦鹉呱呱地在叫:"给你一个好心情! "

姑娘,愿你永远开心自信

赏析/关飞玲

玛丽是多么的幸福呀!在她最自卑的时候,她遇到了一位善解人意的老店员。在这里,她不再为自己的大脚而烦恼,不用为自己的大脚找不到合适的舞鞋而沮丧,不用再走进鞋店的时候,丧失尊严,被人取笑。

善良的老店员在玛丽刚进门的时候就觉察到她的自卑了。于是,他做了一个"不及格"的店员:他没有"正确"估计好玛丽的脚的大小,给玛丽拿了双大大的舞鞋。玛丽穿上这双鞋感觉到自己的脚像在游泳池游泳。"这双鞋子显然不适合你。我去换一双小一点儿的。"玛丽的心情变好了,"小一点儿",这是多么美妙的话语呀,像支美妙的曲子。鞋店的老爷爷还拿出了一双品蓝缎面的高跟鞋,让玛丽穿起来觉得像是童话里面的公主。那一刻,我敢说,一定是玛丽这些天最快乐开心的时刻。

可爱的小朋友,我们也应该像大脚姑娘一样,不要因为自己某些缺点就自卑自怜,而是要有自信,那样才可以得到快乐。同时也要像那个鞋店的老爷爷一样,真诚地去帮助别人。其实不管怎么样,一句话,一个神情,就能让人的心态转变。生命之花,时开时落,在失意的时候,伸出你温暖的双手,送上你善意的话语,递上你友好的眼神……不用多,就这样,一切都会改变,看似简单,却是至真至纯。记住:送人玫瑰,手有余香。这个世界因为你的爱心而更美好。

踏步孩提时

感动系列

125

一篇《乡政府支援又扶助大旱年可望获丰收》的文章摆在了县领导的案头，县领导指示乡领导，尽快将乡政府援助胡八村抗灾夺丰收的先进事迹整理出来上报。

旱 灾

●文/李泽贵

肆虐了一天的太阳终于沉下了西山，夜幕降临，胡八村平静了下来。禾场上，狗伸出鲜红的舌头安静地躺在地上喘着粗气。

支书木根坐在石磙上大口大口地吸着烟，直到烟火烧痛了指头才狠狠地将烟头砸在地上，猛踩一脚，"娘的，还有啥指望。"木根一边骂一边喊,"芹菜,快去把小葱给我叫来。"

"你自己没长脚?"木根女人提着裤子从里屋出来,发着牢骚。

"叫你去你就去,咋恁多废话?我去找蒜头叔。"木根说着起身就走。

这年的鬼天气确实让人急,一百多个太阳,一百多个月亮轮回地升起、跌落,不来风,不来云,也不来一滴雨。正是秧苗扬花进米的时候,可稻田已被烤得裂开了大大的缝口,秧苗的叶儿发黄了,秆儿都开始蔫了。

地焦渴,人更焦渴。

木根当然不能眼睁睁地看着一村的秧苗就这么完了。于是,他就想把村主任小葱和村会计蒜头叔找来商量一下办法。

"所有的塘堰都干了,该想的办法都想了。昨天,我让农户将塘堰的水都舀到了水缸里,不让这鬼天气给蒸发掉。要是再有几天不下雨,恐怕连人都没水喝了。"会计蒜头叔刚坐下来就向支书木根介绍情况。

"听过天气预报没有?"

"听过,好像有雨,但不是我们这地方,我们这里呀,不知得罪了哪路神仙,今、明、后天报的旱天。组织劳力掘井,掘了二三十米,就是不出水。去请人打机井,俏着呢,不给现钱,人家不来。"蒜头叔显得很无奈。

木根又燃了支烟,吧嗒吧嗒几口,看着村主任小葱:"乡里的救灾款来了没有?"

"不知跑多少趟了,总说派人来调查,可就是不来。"

"你到乡里咋说的?"

"最近两次是这样说的,胡八村因遭遇百年大旱,全村两千多亩田全部受旱,已有近九成的秧苗枯黄,请紧急解决救灾资金。乡里说,哪有这么严重?得调查调查再说,眼看一点儿动静也没有,又到乡里说全村稻田绝收,人畜饮水困难,如果再不给予支持,必将造成人畜死亡。"

"乡里又是咋说的？"

"乡里指示，要下最大决心、想尽办法、千方百计搞好生产自救，绝不能让一个人饿死，绝不能让一头牲畜倒下，如果出了问题，要追究主要领导责任，但反映的情况得按规定调查。他们还说，现在六条腿的王八不好找，说假话的干部有的是，一定要摸清情况后再拨款，一定要保证每一笔钱都用在刀刃上——"村主任小葱如实地说着情况。

蒜头叔气愤地站起来，说："调查个屁，咱老百姓都没日子过了，还摆他妈臭架子！"

木根低着头，只顾一口接一口地吸着烟。

过了一会儿，木根突然抬起头，说："小葱拿笔来，照我说的写。"

写完，小葱和蒜头叔露出十分惊诧的表情，说："这——不是颠倒黑白吗？"

木根把烟头往地下一掷，踩上一脚，坚定地说："寄，明儿赶早寄出去。"

三天后，胡八村有了狗吠声，乡里的调查组进了村。原来一篇《乡政府支援又扶助大旱年可望获丰收》的文章摆在了县领导的案头，县领导指示乡领导，尽快将乡政府援助胡八村抗灾夺丰收的先进事迹整理出来上报。

调查组的同志在深入田间地头，走访座谈农户，扎扎实实进行调查后，非常清楚地掌握了情况。临走时，甩下一句话："将如此大的灾情报成丰收，这样弄虚作假，以忧报喜，欺骗上级的干部一定要作为典型严肃处理！"

调查组走后的第二天，救灾款来了，顺便来的还有一份撤职文件。

令人深思的旱灾

赏析／欧积德

你知道现在社会上有这样的一种现象吗？就是某些政府官员对人民的生命不置一顾，只顾自己享乐，逼得那些善良的人们用一些不正常的手段去维护自己的利益，挽救自己的生命，最终政府官员还是逍遥自在，而善良的人们却付出了很大的代价。这种现象在社会上是存在的，很值得我们去深思。

一场旱灾使田地干旱，秧苗枯黄，人畜饮水困难，村干部多次求助，而乡政府却不闻不问，不管人们的死活，这种政府官员是应该清除出政府队伍的，然而在社会上却普遍存在着，这是我们的一个社会问题。支书木根没有办法，只好写了一篇颠倒黑白的文章给县政府，问题才得以解决。最后，尽职的支书被撤职了，失职的乡政府官员却依然逍遥快活。这种社会现象难道不值得我们深思吗？

那么，我们从中学到了什么呢？当然，我们不应该学习那些政府官员，对那种人我们要鄙视。还有，我们要从小培养自己为人民的利益着想的精神，还要学会对社会上的种种现象进行思考，不单思考其原因，而且还要思考解决问题的办法，以便为了我们长大以后能够更好地为社会作贡献！

踏步孩提时

感动系列

> 我决定和狮子私奔，因为他对我说，如果我和他结婚的话，我就再也不用担心自己的下一餐了！

他的夫人

● 文/[美]丹·克劳福特　译/王丽华

一个阴云密布的下午，公狼来到森林边缘，看见一只母山羊正独自在田野里吃草。饥饿的感觉在他的胃里翻滚，不过他还是留意到了母山羊那巨大而锋利的后跟，这会将他的牙齿一颗颗地打落。她看起来年轻健壮，即使她选择逃跑，而不是踢自己，在他抓到她以前，自己也会追得筋疲力尽。

不过，他想，如果连抓只山羊来做午餐都做不到，我还算什么公狼？

他朝前走了一步。但是不是偷偷摸摸地，而是大踏步地跨过草地，没有一点儿想要隐藏的意思。"哦！可爱的山羊！"他惊呼道："你看起来是多么漂亮，简直是人间尤物！哦！简直太美妙了！"

山羊转过身来，看见了公狼，吓得浑身开始发抖。她起初想要逃之夭夭，但很快就打消了这一念头。以前从来没有谁夸过她漂亮和美妙，她甚至不知道人间尤物是什么意思。

"你在说什么啊？"她问道，往后退了一步。

公狼的声音中带着似乎窒息般的惊讶："我正准备穿过森林，只是想看看这些树木是不是和我们狼一样还呆在他们该呆的地方。不过却突然间发现了以前从来没有看见过的美景。哦！山羊！你是全世界最漂亮的动物！嫁给我吧！"

山羊怎么都没想到他会说出这番话来。"嫁给你？"她说道，一副心醉神迷的模样。

公狼又往前走了一步，发现她还没有心醉神迷到忘记后退几步的程度。"没有你，我无法生活下去！没有你在我的身边，我的一生都将虚度。"

公狼的声音听起来非常真挚。

"是真的吗？"山羊问道，"你真的想娶我吗？"

"当然！"公狼叫道："就在今天早上，我的母亲才刚刚告诉我，现在该是我结婚的时候了。你知道，一个单身汉总是不得不操心他的下一顿在哪里。如果你嫁给我的话，我就再也不用担心了。我现在需要的，只是希望你能够满足我这个最大的愿望。"

山羊觉得这样的告白还欠缺一些东西，但公狼的声音中充满了如此强烈的情感，她很快就被征服了。"好的！"她叫道，"我答应你！我们什么时候结婚呢？"

"就是现在！"公狼叫道。舔了舔自己的嘴唇，"我一刻都等不了了！"

"什么？"山羊说道，"我现在既没有面纱，又没有花束，怎么能就这么结婚呢？"

公狼暗自叹息了一声。这就是女人！不过既然他能说服一头母山羊嫁给自己，当然也能为自己的中餐再多等上一会儿。"那么一个小时以后吧。"他建议道，"我可等不了比这更长的时间了！到时在小溪边的小礼堂见面。"

"好的！我的丈夫！"山羊答应道，欢天喜地地向田野的那边跑去。

公狼耸了耸肩，开始往家奔。到家以后，他穿上了自己的礼服和皮鞋，他一直是森林中最英俊的公狼，怎么能在自己的婚礼上穿得那么寒酸呢，即使这个婚礼是假的？

他很早就到了礼堂，一直在寻思制止山羊进去的借口。有时他又想也许可以在享受自己的中餐前和山羊结婚，但这样的话他就得付出进行仪式的代价。

131

一个小时过去了，山羊还没露面。又一个小时过去了，公狼开始怀疑花店的门口是不是排起了长队。太阳开始下山了，这时一只狐狸走了过来，交给他一个信封。里面是山羊写给他的纸条。

"你一直在谈论自己的担忧和自己的下一餐。"她写道，"而现在我找到了另外一个人，他考虑的是我，而不是自己。我决定和狮子私奔，因为他对我说，如果我和他结婚的话，我就再也不用担心自己的下一餐了！"

公狼完全相信这一点。

森林里最大的骗子

赏析／翟韵诗

　　狼与狮子竟然争先抢新娘？而且新娘是山羊？这……这可是天大的奇闻。哦……原来狼与狮子抢的只是他们的"下一餐"，可怜的山羊还傻乎乎地相信他们的"爱意"，痴痴地沉迷于"爱情的甜蜜"中。

　　狼与狮子是森林中的骗子，他们的骗术一个比一个高明，傻傻的山羊最终只会成为他们的下一餐。这仿如我们的社会，生活中也存在像狼和狮子一样的骗子，而只有那些缺乏知识而又存有杂念的人才会上当受骗。小朋友，你会上当受骗吗？

主人也认为这只母鸡确实是老了，而且老得变成了一只精神失常的疯母鸡，主人担心这只疯母鸡会继续乱啄人，干脆就将它杀了。

跳芭蕾的鸡

●文/曹凤鸣

一只猫在乡下田埂上走着，心情很不愉快。因为刚才猫从主人家出来时，碰上了主人养的一只老母鸡。

这只老母鸡拦住猫，骄傲地告诉它说，自己学会了跳芭蕾舞，就是人类只用一条腿就可以将整个身子立起来转动的那种舞。老母鸡说着，情不自禁地展开翅膀，昂着头，抬起一条腿，"咯咯咯"地叫着在地上转了一个圈儿。

这个动作有点儿突然，猫被吓了一跳，瞪着一双眼睛，不解地望着老母鸡，身上的毛也一根一根地竖了起来。

老母鸡认为猫是在为自己不会跳芭蕾舞而难过。于是，老母鸡就劝猫不要难过，其实长着四条腿依然可以跳其他舞蹈，只要跳出一种别人从没有跳过的动作来就可以了。老母鸡还劝猫，白天要少睡懒觉，不要满足于主人的爱抚和抓老鼠的日子。一定要利用白天的时间锻炼好身体，多学一些有用的东西，做一些自己没有做过的事情，要让主人对自己永远充满新奇……

猫皱了皱眉头，然后，就来到了田埂上。太阳暖洋洋的，花草也散发出阵阵香气。猫感觉这太阳晒在身上，舒服极了，就伸开四肢，躺在一块干净的石头上，眯起眼睛睡起觉来。一日，猫被一阵撕心裂肺的惊叫声吓醒了。它紧张地竖起耳朵张望，听出这声音是从主人家里传出来的。猫撒开腿就朝主人家奔去，刚奔到院门口，猫就站住了。它吃惊地看见刚才还给自己跳芭蕾舞的那只老母鸡已经直挺挺地躺在院子中央，鲜红的血从脖子上往外流，两条干瘦的鸡腿还在痛苦地抖动⋯⋯

天哪，这只母鸡真是倒霉！猫哀叹了一句。它转头时正好看见狼狗正目不转睛地盯着那只死去的老母鸡，主人从厨房里端出一锅开水，准备给老母鸡烫毛。猫不由打了一个冷颤，飞快地朝竹林跑去。

在竹林里，猫从另一只年轻的母鸡那里知道了一切。原来那只老母鸡正在舞蹈，主人回来了。老母鸡为了引起主人的注意，同时也想给主人一份惊喜，就激动地扑上去，用嘴啄了一下主人的裤管，然后就抬起一条腿，跳起了自以为是的芭蕾舞。

主人先是呆呆地望着这只老母鸡，接着是满脸惊奇。老母鸡见到主人这种表情，以为是主人在欣赏自己跳的舞蹈，就跳得更加卖力了。兴奋中，老母鸡就凌空飞起来，想站到主人的肩上去跳⋯⋯

就在这时，主人一把抓住母鸡，将它的翅膀和脖子拧在一起，冲进厨房拿出一把刀来。在老母鸡的挣扎惨叫声中，只一下就割断了它的脖子。因为主人也认为这只母鸡确实是老了，而且老得变成了一只精神失常的疯母鸡，主人担心这只疯母鸡会继续乱啄人，干脆就将它杀了。

都是芭蕾舞惹的祸

赏析／周子志

　　美少女扭动着婀娜的腰姿,迈着轻盈的步伐跳起芭蕾舞来,这该是多么迷人的情景啊!可是一只老母鸡跳起芭蕾舞来了,那是一种什么样的结果呢?小小说《跳芭蕾的鸡》告诉我们:跳芭蕾舞的老母鸡被主人当作一只精神失常的疯母鸡杀掉了。这是值得惋惜还是可笑呢?真是啼笑皆非。

　　这只跳芭蕾舞的母鸡本以为学到了新本领,想在主人面前表现一下,谁知道却惹来了杀身之祸。这使我想起了"邯郸学步",想起了"东施效颦"的故事,无论是学步的少年,还是东施,他们本来都是有自己的个性的人,但偏偏去学那些稀奇古怪的东西,结果迷失了自我,而传为笑谈。现实生活中,我们很多人也是这样,不学无术,专门去标新立异,还美其名曰"赶潮流",搞得自己不伦不类,妖里妖气。这是一种不良风气,应该引起我们的警惕,否则,落得那只跳芭蕾舞的鸡的下场,也就后悔莫及了。

踏步孩提时

感动系列

135

小朋友们，如果你是那第三个喝水的人，你会想出什么方法来证明自己的清白呢？

无罪的人为什么要挨打

● 文/[韩] 李相倍 译/金莲顺

有一位贤哲四海为家，四处漂泊。一天，走得口干舌燥的贤哲来到一口井边。

贤哲喝过了清凉的井水之后到井边的一棵大树底下歇了起来。这时，一位从远方赶来的汉子奔到井边舀起一大瓢水猛喝起来。

"哦，好爽啊。"

汉子一边说着，一边走远了。然而在他离开的地方却留下一件东西。

"那是什么？"

贤哲细细打量才发现那是一个钱袋子，分明是刚才那位汉子急于赶路而不留神丢下的。

这时又有一个人来到了井边。他也像是渴极了似的拿起水瓢就要舀水，可突然愣在了那里，他发现了钱袋子。只见他飞快地把钱袋子装进自己的兜里，连水也没喝就走了。

过了一会儿，井边又来了一个人。他慢慢地喝水后坐在井边歇了起来。这时一个人呼呼地喘着粗气跑到了井边，原来正是那个丢钱袋子的汉子。他向那个正在井边歇息的人问道：

"你在这儿干什么呢？"

"就像你所看到的，我走路渴了在这儿喝了口水，现在正歇着呢。"

"那,你肯定看到掉在这儿的钱袋子了吧？"

"钱袋子？没看到哇。"

"没看到？我在这儿喝水掉钱袋子就是刚才的事儿啊。那以后到这儿来的就你自己,怎么能说没看到呢？"

"喂,我说你可不要冤枉好人啊。实在信不过的话,你搜搜我的身上就知道了。"

两人渐渐提高嗓门吵起了架,最后终于动起了拳脚。

贤哲在不远处把事情的经过看了个一清二楚。在事态严重前他曾上前劝过架,可那两个人纠缠在一起打得正起劲儿,根本听不进他人之言。

咳,事情怎么会变成这样啊。

丢钱的汉子不分青红皂白地打了那无辜的人一通。

"哎哟,冤枉啊,救命啊!"

无罪的人终于昏了过去。这下那个打人的汉子害怕了,于是就悄悄地溜走了。

贤哲感到愤懑不平。世上的事真是难以预料啊。

贤哲坐在那里认真地思考着。

无罪的人为什么会无辜挨打呢?

首先,他没有智慧,没有智慧就要挨打。

证明自己没有拾到钱袋子有很多种方式,但第三个来喝水的汉子却只想出了让人搜身这一种方式,因此,他挨打就成了必然。

从古至今都说明了这样一个真理:没有智慧,就要受人欺侮。

贤哲站了起来,他想,如果那个挨打的人想通了这个道理,那他挨的这顿打也就值了。

小朋友们,如果你是那第三个喝水的人,你会想出什么方法来证明自己的清白呢?

愚昧就要挨打

赏析／谢永洁

　　这是一个发人深思的故事。故事线索明朗，情节曲折，故事借用"旁观者清"的特点，利用贤哲这个旁观者的角色的所见所闻，简明而清楚地交代了三个汉子到井边喝水的过程。故事里的谁是谁非，我们了如指掌。而故事的末尾却意味深长地留给读者一个哑谜，耐人寻味！

　　——谁动了第一个汉子的钱袋子？

　　——是第二个汉子。

　　——那为什么第三个汉子会无辜挨打？

　　对，因为他没有智慧，缺乏为自己辩护的机智。在特定的情景中，还用那么愚蠢的方法去处理问题的人往往是会吃亏的，此时需要的是一种打破常规的思维方式。假若用全新的观点去思考问题，即使再糟糕的事情也会化险为夷的。文中第三个汉子在证明自己无辜时只想到傻瓜都懂的方式——搜身，这本身已是一种愚昧与悲哀。所以请小朋友们在遇到问题时多开动脑筋，做一个有智慧的人。这样"下一个"挨打的人便永远不会是你。

像波浪这样生活，实在太可怜了，连一刻也不能安静，又不能自主。还是做一条小鱼比较好呀！

小鱼和波浪

●文/（台湾）林清玄

一条小鱼浮出水面看蓝天，偶然间遇到了波浪。

小鱼便与波浪在海面上游戏，随着波浪上下起伏、汹涌前进。

小鱼在波浪里兴奋地大叫："你每天都过着这么刺激的生活吗？简直太棒了。"

波浪说："岂止是每天过这样刺激的生活，几乎每一刻都这么刺激呀！还有更刺激的，要有潮汐变化，或者狂风暴雨，那才真是兴奋得心脏都会跳出来！"

小鱼说："真希望我也变成一个波浪，每天随着风雨，潮汐流动，不知道有多么好！"

在波浪中游戏的小鱼，很快就累了，他对波浪说："波浪，我想到海底安静安静，你要不要和我一起去呢？"

波浪还没来得及回答，就被一个大浪冲到很远的地方，小鱼只好自己潜入海底，休息去了。

小鱼每天都上来和波浪游戏，每次都邀请波浪到海底去，但波浪总是没有回答，就被冲走了。

这一天，小鱼下定决心要问明原因，他问波浪说："我要到海底安静安静，你要不要和我一起去呢？"

问完话，小鱼就紧紧牵着波浪的裙子，被冲到很远的地方。

139

波浪无奈地说:"我也很想到海底安静一下,可是不行呀!波浪只能活在海面上浅浅的地方,进了海底就死了。而且,我们波浪是不由自主地被后面的浪推着前进。一起风,跑得快累死了;潮汐一变,又被拖得全身发颤。真希望我能变成小鱼,潜入深深的海底,休息休息……"

波浪还没有说完,突然被一个大浪打到几丈高,小鱼吓得一溜烟钻进平静无波的海底。

小鱼心里想着:

"像波浪这样生活,实在太可怜了,连一刻也不能安静,又不能自主。还是做一条小鱼比较好呀!"

珍惜自己的幸福

赏析／梁明雅

《小鱼和波浪》的主角各自拥有不同的生活方式,不同的生活环境,不同的归宿。是啊,其实我们每个人和他们都一样,不同的生活环境让我们每一个人都有着不同于别人的幸福。那么我们该如何对待自己的和别人的幸福呢?

生活中,我们往往觉得别人的幸福很辉煌,很耀眼,而自己的幸福却很渺小,从而陷入对别人的盲目羡慕之中,看不到自己的幸福,感到沮丧。殊不知别人的幸福也许正是自己的坟墓。别人的幸福不一定适合自己,我们自己所拥有的幸福别人也不一定拥有。所以,我们应该做的,就是好好珍惜自己的幸福,并从中找到生活的乐趣,这才是最重要的。不要等到身边的幸福悄悄溜走了,才发现自己原来一直生活在幸福之中。

刘老师说，我只吃自己钓的鱼，别的鱼我是一概不吃的，因为积累十年钓鱼的经验，我悟出了一个道理：只有自己花力气钓的鱼才最鲜最美！

等你回来

● 文/陶 金

卞科长喜欢玩麻将，可是，玩久了，就觉得有些乏味。换换口味吧。玩什么呢？夫人说，你不会跟对门的刘老师去学学钓鱼？

对门的刘老师退休在家，是个钓鱼老手，兴致来时，总爱骑着单车，带上钓具去池塘边优哉游哉地玩儿上几个小时，回来时，多半总会有些收获。他钓鱼不喜欢单干，而喜欢结伴而行，所以，这回卞科长拜他为师，他很高兴地收下了这个徒弟。

周日一大早，刘老师就带着卞科长去了池塘边。可是，中午收钩时，卞科长一条鱼也没钓到，网袋里空空如也。刘老师就从自己的网袋里抓出几条蛮像样的鱼，说，来，把这几条鱼带回去。卞科长连声说，不不不，你自己留着吧。刘老师就靠近他，说，你跟我学钓鱼，就该听我的，收下这些鱼吧，我哪能看你空着手回去呢？

又是几个周日，卞科长带回家的鱼，还是刘老师送的。他觉得过意不去，又觉得有些窝囊，心想，人家都说我特精明，学钓鱼咋就这么笨呢？他好佩服刘老师，他说，刘老师的技术实在了得。

技术实在了得的刘老师，并非常胜将军。这天，他和卞科长一连钓了几口池塘，也没有钓上一条鱼，原因何在？天公不作美呀，空气闷得发慌，鱼都浮出水面了，技术再高明的垂钓手也只能望鱼兴叹。

卞科长心里说，我钓好几天了，都是刘老师给我送鱼，今天他一条鱼也没钓到,正该让我还还他了。于是回家路过菜场时,他对刘老师说,我去买几斤鱼,咱带回去吧。

别别,刘老师说,你要买鱼,要就自己带回去,我绝对不会!

这,这是为啥呢?卞科长一脸茫然。

刘老师说,我只吃自己钓的鱼,别的鱼我是一概不吃的,因为积累十年钓鱼的经验,我悟出了一个道理:只有自己花力气钓的鱼才最鲜最美!

打从这次钓鱼之后,卞科长忽然变成了大忙人,星期天难得有闲暇跟刘老师去钓鱼了。因为一阵风把他从教育科送到了基建科,基建科科长哪能闲得住呢?民工队队伍、建筑公司、材料市场……各路英雄豪杰都像饿狼一样向他扑来,坚忍不拔地变着花样想缠他、啃他。自然,最漂亮的敲门砖,就是请他钓鱼。现在,卞科长不再觉得自己窝囊了,因为尽管钓鱼技术还是那么糗,请他钓鱼的人,绝对都会让他满载而归。

"钓鱼不办事",世人皆知。钓鱼之后上演的钱权交易戏,才真叫跌宕起伏有声有色呀。卞科长作为台柱子,精湛的演技发挥得淋漓尽致……于是乎,没过多久,他就一头栽进监狱了。

栽进监狱的卞科长,成了霜打的秋茄子,整天无声无息,脑子里晕晕乎乎。当然,间或他也会想起刘老师,想起跟刘老师一起钓鱼的情景。

这天下午,刘老师来探监,带来一袋水果,还带来一盒红烧鱼。坐在接待室,他夹出一块鱼,硬是叫卞科长吃了。

好吃不?刘老师觑着他。

卞科长点点头,又点点头。

刘老师说,小卞呀,我不是对你说过吗? 只有咱们自己花力气钓的鱼,才是最鲜最美的,对不?

卞科长一声叹息,无语。

离开监狱时,刘老师拉着卞科长的手,说:"等你回来,咱们还一块去钓鱼吧。"

最鲜美的鱼

赏析／欧积德

　　你吃过最鲜美的鱼吗?你知道什么样的鱼才是最鲜美的吗?这里面还有着一个故事呢,想知道吗?那就安静点儿读完这篇小说吧。事情开始于卞科长跟刘老师学钓鱼,卞科长的技术很糟,老是钓不到鱼,而刘老师却是个钓鱼高手,每次都要送点儿鱼给没有钓到鱼的科长带回家。有一次,因为天气不好,鱼钓不到,卞科长说要买鱼回家,刘老师不肯,他说:"只有自己花力量钓的鱼才是最鲜最美!"

　　后来,卞科长换了职位,忙起来了,每次去钓鱼都带很多鱼回来,为什么呢?原来是别人送的,别人为什么要送鱼给他呢?是他利用权力做些违法的事情得来的,这不,不久,他就一头栽进监狱里了。这个时候刘老师又出现了,他又说了那句话,"只有自己花力气钓的鱼才是最鲜最美的。"刘老师无奈,只好说:"等你回来,咱们还一块去钓鱼吧。"

　　原来是这样,自己花力气钓的鱼才是最鲜最美的。在这里,我们学到了一个做人的道理,人不能够不劳而获,靠劳动得来的果实才是最美丽的,想不花力气或者通过不正当手段而去获取成功,这种人最终将得不到社会的认可。

143

这是用鱼类的鲜血和生命换来的一句话，所以它的生命应该比一条鱼的生命更加长久。这是我在我和我的导师被投进油锅成为一道红烧鱼之前的最后的思想。

鱼是怎样咬钩的

●文/刘红江

我是一条鱼，我的名字叫 XXX2002@fish.com 怎么，是不是嫌我的名字有点太啰嗦了？没办法，谁叫我们鱼类家族那么庞大呢，我要是不把名字起得复杂点，您能分清我是哪条鱼吗？

我今年三岁，刚刚从皇家水底生物学院紧急避险专业毕业，学制为一年半。大体上说，我所学的一切就是为了识别你们人类所设下的种种诱饵并且成功地实施躲避。我的教育程度大概相当于人类的博士，也就是说，我是一条绝顶聪明的鱼。但是，唉，我这条绝顶聪明的鱼怎么就咬钩了呢……

那是一个风和日丽的上午，我，一条鱼正独自在水中漫游，您猜我看见了什么了？嘿，我看见了一条蚯蚓。我立马想起了我的导师 www9999@fish.net 先生说过的一句话，他说："用蚯蚓来钓鱼的人是最愚蠢的，因为水里怎么会有蚯蚓呢？"所以我开始小心地围着那条被穿成钩状的蚯蚓游来游去，我甚至能够透过蚯蚓的身体隐约看到那只冰冷的钩子。我认为，作为鱼类中的精英，我有责任有义务提醒过往的兄弟姐妹注意安全，于是我就在那条蚯蚓旁来回地巡游，不时地提醒着我的那些涉世未深的同胞们，很快，在那些充满敬意和感激的目光里，我度过了一个虽然辛苦但却很有意义的上午。

到了中午，阳光直直地射进水中，水里变得暖暖的，我的伙伴们都寻地儿午睡去了，我也觉得有些倦意，我认为我必须找件事来做以使自己清醒些。我开始用头不停地顶那个漂浮在水面上的浮子，虽然有几次那只飞起的浮子险些钩到我，但是这的确不失为一件有趣的事。更让我觉得可笑的是，从岸上传来渔夫愤怒的叫声，我于是从水里探出头来，我看到一张因为恼怒而变得有些扭曲的脸。

这个人我认识。

我记得去年我的导师 www9999@fish.net 先生带领我们做毕业实习时刚好遇见这个人正在钓鱼。当时导师带领我们一帮学生围着那只鱼钩整整讲了一个上午的课，我还记得我的导师先生当时说的最后一句话，他说："像这种只会用蚯蚓作饵的人是最不需要防备的。"

我认为我的导师的话是很有道理的，所以我懒懒地伸了一下腰，我甚至为自己一个上午的忙碌而感到羞愧。我准备找个地方睡午觉去。这时我的肚子不争气地叫了起来，我这才想起我整整一个上午都没有吃东西了。我盯着钩子上的那条蚯蚓，为什么不先吃掉它呢，难道这个愚蠢的渔夫竟能成为我这条绝顶聪明的鱼博士的对手吗？

我慢慢地游回到那条蚯蚓旁，它的粉红色的肉体散发出一阵阵诱鱼的芳香。啊，世界上再不会有比吃掉一条蚯蚓更美的享受了，还犹豫什么呢，我张大嘴巴向那条蚯蚓咬去，然后我就觉得一阵钻心的疼痛从嘴唇上清晰地传来。

像我这样一条聪明绝顶的鱼博士居然会被一个只晓得用蚯蚓来钓鱼的愚蠢的渔夫钓上来，与这样的羞辱相比，饥饿与疼痛又算得了什么呢？所以当我被投入了一只破旧的鱼篓里时，我发疯似的不停上蹿下跳，然后我听到旁边传来一个熟悉的声音："这个时候还挣扎个什么劲呢，认命吧。"

我回头一看，大吃一惊：这条鱼竟然是我的导师www9999@fish.net 先生。我大声喊道："老师，您怎么也被钓上来了？"www9999@fish.net 先生一边摇头一边叹息着说："孩子，咱们的教科书该改了，懂得用

踏光孩提时 感动系列

蚯蚓来钓鱼的人其实是最聪明的。"

这是用鱼类的鲜血和生命换来的一句话，所以它的生命应该比一条鱼的生命更加长久。这是我在我和我的导师被投进油锅成为一道红烧鱼之前的最后的思想。

聪明反被聪明误

赏析／周子志

小小说《鱼是怎样咬钩的》通过叙述 XXX2002@fish.com 这条鱼上钩的故事，告诉我们：做任何事都不要自以为是，耍小聪明，而忽视了隐藏在表象下面的陷阱，同时要增强自己的自制力，面对诱惑时，能够守住心理的最后一道防线。否则，只能悔恨当初为什么不多长一个心眼呢？

这条名字叫 XXX2002@fish.com 的鱼自以为聪明绝顶，能识破任何的骗术，最终，因为经不起一条蚯蚓的诱惑而上钩，这是一个血的教训。

但是，这仅仅是一条鱼的教训吗？不，这绝对不是，我们人类同样有着这样的教训，我们身边的人，甚至我们自己也曾经做过这样的傻事。譬如，某些人认为自己很高明，总是抱着侥幸的心理，耍小聪明，结果走上一条错误的道路。这样的例子实在是数不胜数，聪明反被聪明误，面对诱惑未能守住自己心中最后防线，这是血一样的教训。让我们记住前车之鉴吧！

地面仍然是地面,太阳绝无坠落之虞,而农民,正在附近的稻场上打稻谷。百灵鸟呢,唱得更加欢乐。只有尊敬的患了痢疾病的青蛙,已经溘然仙逝。

青蛙的痢疾

● 文/王 蒙

一只青蛙因为偷吃生葡萄过多而得了细菌性痢疾,它肠胃绞痛,不思饮食,头晕目眩,青蛙在收割后的稻田里,用它那混浊呆滞的眼睛望着世界,喘息着,悲叹着。

胆小而又好学的兔子从稻田里穿过,听到了青蛙的呻吟声,它弄不清这声音里包含着什么样的哲理、经验和深意;它看见了微微颤抖着的青蛙的身体,它弄不清这抖动里表达着怎样的奥妙、成熟和沉稳。它恭而敬之地说:"大师,请不要吝惜您的智慧和学识,给小可一点儿教训,用您那大慈大悲大彻大悟的光辉,超度一下我那冥顽黑暗的灵魂吧!"

青蛙有气无力,愤愤不平地说道:

"世界简直已经到了末日,只有你还算'孺子可教'!你看看这天空,肯定是吃多了消化不良!到处是金星乱舞,到处是葡萄的幻影;它是这样肿胀,这样沉重!而这地面呢,正在下坠,在便秘,在余稀,在痉挛,它疼得一抽一抽地乱抖。你再看这太阳,太阳也失去了光辉,而且摇摇晃晃,恐怕马上就会从天上落下来,落到地上就会引起一场大火,把河水烧干!还有我身旁的稻田,不但没有结任何谷粒,而且是这样冷酷、混乱,散发着一种腐败的痢疾病动物特有的气息。天上飞着

147

的呢,又都是一些苍蝇,渺小,卑贱,嗡嗡嗡嗡,没有节拍,没有和弦,没有根底……"

这时,一只百灵鸟来到稻田的上空,唱起歌来。

"青蛙大师,您看啊,这儿有一只百灵鸟!"兔子说。

"我怎么看不见?我怎么看不出来?你以为你说它是百灵鸟它就是百灵鸟吗?你算什么东西!即使真的是百灵鸟,它也是苍蝇变的,你难道看不出来吗?"

兔子吓得缩成了一团,忽然青蛙惨叫了一声:

"世界毁灭了!"

兔子顿时两眼漆黑,陷入了绝望的恐怖之中,但仅仅十秒钟以后,它就睁开了眼睛,发现:天空仍然是天空,地面仍然是地面,太阳绝无坠落之虞,而农民,正在附近的稻场上打稻谷。百灵鸟呢,唱得更加欢乐。只有尊敬的患了痢疾病的青蛙,已经溘然仙逝。

地球依然转动

赏析/Q女孩

青蛙"大师"患了痢疾,在生命快要结束时和纯纯的兔子说世界就要灭亡了,可爱的兔子相信了大师的话,陷入恐慌。

小说中的青蛙"大师"以自己的个人生命幻想为整个世界的生命,它认为自己的生命将要终结,世界也将会灭亡。也许,在它心中,世界便是它自己,它自己便是世界。这是一个悲观厌世者的论调。

我们可以从中领悟到,世界并不是只有你自己一个人存在,青蛙死后,"天空仍然是天空,地面仍然是地面,太阳绝无坠落之虞,而农民,正在附近稻场上打稻谷。"兔子最终发现,青蛙死了,世界依然还是那个世界,于是兔子懂了,要放眼世界,不要将视线局限于自己身边。

外公啊，我永远记得你面向大火的背影，一件绿毛衣，一条军裤。你的身边，是我那长辫子的同样瘦弱的外婆。你们的前面是一片冲天火光，你们的身后，是你们的小外孙惊惧而又崇拜的目光！

我是你的小外孙

● 文/烟霭江南

许多年前，往事如烟，春江花月夜。泥炉微红，你微醉。暂解戎甲，手持小书一卷，你说："外孙啊，我要给你读诗了。"

"咔嚓咔嚓，是谁家的姑娘，一大早起来——就织布纺纱？"

"是谁呢？"你严肃地明知故问。我浪漫的小心灵，因为激动而迫不及待："外公，我的外公，告诉我，是谁家的姑娘，一大早起来就咔嚓咔嚓……"

"哦，是我们的插秧机……"你满怀深情地歌唱着一台半自动化机器，那是你给民兵同志们做报告时萌发的灵感——你一直便是一位有着文人意绪的军人，而我则如释重负——我终于知道是谁在"咔嚓咔嚓"了。多么好啊，原来这样的生活是可以那样来咏叹的，而在那样的咏叹中，插秧机可以是姑娘。多么好啊，我的外公，因为你的小外孙，是从你那里开始知道，什么是诗。正是你醉意的抒情之指，不经意一拨，你的小外孙，便在那个春江畔小镇的夜晚有了缪斯之神赋予的命运。许多年以后，你重病住院，比较不满地要求我："不要总想在杂志上发表大文章，在报上发些小豆腐干也可以嘛。"我的外公，其实我最理解你，我立刻在报上发了一篇小豆腐干，我就写你。外公啊，直到今天，我都可以想像你是怎样装作漫不经心地串门，怎样把话绕到当天的报纸上去，怎样终于指着那篇"豆腐干"说："那是我的小外孙写的……"你要的就是这个效果。可是外公，直到现在，我还是没有完成对你的承诺——写一本书，你在厚厚的墓碑下却没有声音——十年了，彼岸是多么不可思议啊，我的咏叹之声，能够涉过忘川传送到你耳边吗？

外公，你是我的童话。有一天你兴冲冲地回家，拎起一双半高帮鞋就走，边走边说："巷口有个鞋匠，能把一双鞋变成两双鞋。"一个星期后，你垂头丧气地拎着那双被割制成凉鞋的靴子回来了。外公，我真像你，我也总是拎着生活这双鞋，兴冲冲地跑出去企图换成两双，我也总是垂头丧气地拎着那双被割得面目全非的鞋再回来。可我依旧幸福，因为我继承了你，我是你的小外孙。

然而外公，难道你不是我夜半的忧伤？当我正读高三时，我在那个夜晚默默地流泪，外公，你为什么来到我的身旁？你抚摸了一下我的肩膀，说："别怨外公没有帮助你，外公是没有用的。"那一年我就读的年级里一下子走了五个去当飞行员的同学，而在市里负责招飞的恰恰就是外公曾经的部下，我却走不成。外公真的是一个纯正无私的军人，一个很好的有人格的人。因为你没有用这样的途径把我送去翱翔蓝天，因为你对我说你"没用"，我是多少次地在心里对你发誓，要做一个真正有用的人，以此来爱你。

当我已经学会依靠自己独立面对生活时，你还抚摸过一次我的肩膀。那是你病重时，我替你洗脚。你轻轻地拍了拍我的肩膀，说："实在太瘦了。"可是外公，我知道你其实是说："小外孙啊，我太爱你了。"从医院回来，我在家中的阳台上替母亲穿针引线，母亲在为你的新军装钉缝领章帽徽，那是为你的遗体准备的衣裳。冬日下午的阳光多么好啊，被阳光照耀的生命多么好啊，但是外公啊，你就要隐于冥间，就要与我永别了。

我的体弱的外公，你瘦小，多病，从不叱咤风云，你在台上挨整时也总是陪斗。有一次你被扒掉军装，被人摔断外婆送你的纪念钢笔，你也不吭声。有一次你被人家放狗咬了。回家，你指着伤口说："被狗咬的。"就再不说什么了。但你真的是英雄，你经历过解放战争、抗美援朝，你有很多勋章，你是我心目中真正的勇士。在我童年时，亲眼目睹你和外婆冲进火海救人，而我就离火海咫尺，你们连目光都来不及对我斜视。外公啊，我永远记得你面向大火的背影，一件绿毛衣，一条军裤。你的身边，是我那长辫子的同样瘦弱的外婆。你们的前面是一片冲天火光，你们的身后，是你们的小外孙惊惧而又崇拜的目光！

隔 代 情

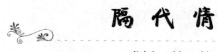

赏析／楠 楠

这是一个小外孙写给外公的文章，文章开头没有直接表达出"我"对外公的敬爱，而是通过描写外公旧时教育"我"的片段来引出"我"的思念。

文章写的是外公与外孙的情谊，这不禁令人羡慕。当下社会，人们谈论的总是两代人的隔阂，多少家长惆怅自己与孩子的疏远？多少家庭为孩子的问题而烦恼？然而，文章中的主人公是相隔了两代的外公与外孙。他们之间通过无言的关心来表达自己的情感，一句话，一个动作，彼此便能明了。孩子们，你是否应该静下来，想想父母对你们的关爱呢？父母们，你们是否应该歇一歇，了解儿女们的需要呢？

　　我站起身,脚几乎从舞鞋里脱落出来。老人扶我
站稳。他错误地估计了我的尺码。这双鞋太大了,大得
离谱,以前从来没有发生过这样的事情。我的脚仿佛
是在游泳池里游泳!

情迷芭芘屋

踏步孩提时

爱情历来是永恒的话题，其中有歌颂、称赞的，也有感慨万千的。有"问世间情为何物，直叫人生死相许"的，有"但得一个并头莲，煞强与状元熙弟"的……

但近来也听说世间绝无"没有面包的爱情"，你认为呢？

清贫的男孩子很爱女孩子，是那种把心掏出来的爱。男孩子经常买草莓给爱吃草莓的女孩子吃，他们的生活过得很幸福。

草莓红茶

●文/朱　萍

很多年前，她还是个女孩儿，清秀。有个很爱她的男孩子，是把心掏出来的那种爱。

她爱吃草莓，每逢草莓上市，男孩子就要买来好多，用盐水浸了，再用冷水洗好几遍，于是一个个草莓鲜洁清新，一咬，满口甜如蜜的汁液，一直流到心里。

不太会说话，但是那种爱，是那种爱，是那样的平常，又无处不在，像空气。

他是个清贫的男孩子，甚至没有多余的钱请她喝咖啡馆里的咖啡。

女孩儿上班时听见办公室的同事在议论一种叫"草莓红茶"的饮料，说是味道好极了。那时，这个城市还没兴起这样甜腻腻的饮料，只有茶馆才会调制。"这种香，真是好闻极了。茶馆里的小姐说它就是水果茶，只有外国人才喝。"

女孩儿平时一向寡言，但那次，她鬼使神差地问了一句："很贵吧？"

"贵是不贵，但你们不会去喝的。"同事轻描淡写地说。

女孩儿的脸一下子红了，她想起男孩儿每天接她的那辆破自行车，连车铃都摇摇晃晃，还有他好像永不离身的起绒的旧夹克。没错,他是没钱去买一杯草莓红茶。

女孩儿忽然感觉好不公平。为什么自己只能在他的小屋喝一杯清茶,而别人可以坐在音乐迷人的茶馆喝高雅的水果茶?为什么同事可以暗藏话锋、又轻描淡写地侮辱她——只是因为贫穷,她有一个贫穷的男友。

一天的时间,她都闷闷的。

男孩儿来接她时,她看到那辆破旧的自行车,气又不知打哪儿来了。他到底怎么回事?也是赚薪水的人,不至于连辆新车也买不起。女孩儿一向温和,但那一次,她飞快地推开了自行车,头也不回地往前走。

男孩儿不知哪儿得罪了她,惶恐地一路跟着,不敢说话。

两人就这样走,不知不觉走了很远。女孩儿渐渐累了,脚步开始凌乱。男孩儿这才敢上前搂住她:"你怎么啦?"

夜光下,女孩儿的眼睛像两口幽深的井,泪泉渐渐溢出:"我想喝草莓红茶。"

男孩儿沉默了。他这个月的薪水,大部分都寄给了乡下生病的母亲。

女孩儿再也没说话,她累了,她倚在男孩儿的自行车后座睡着了。男孩儿眼睛湿湿的,他央心为她做一杯草莓红茶,一杯这世上最香最纯的草莓红茶。

女孩儿醒来时,才知道自己在男孩儿的小屋里。白天受到的伤害又展现在她面前,她不知道与男孩儿在一起有没有幸福可言。他做着一份平凡的工作,他的父母兄弟都在偏僻的乡下,他是长子,责任和负累都重。

到底,该不该坐在他的自行车上,一直到老?

她沉浸在黑暗之中,窗外是黑黑的无际的天空,甚至,没有星光,像她此刻的心情。

忽然间,灯亮了,男孩儿端着一杯热茶轻轻地走进来,脸上,是温暖的笑。

那种笑让她的心整个地软化了，软化成一潭春水。她爱他，很爱很爱。就坐着他的自行车一直到老吧。她听见自己心底发出了轻轻的叹息，之后，便是长久的坦然。

　　"喝杯茶吧。"他说。

　　那是杯真正的草莓红茶。绝不偷工减料，绝对纯正。那种香，是从嫩的树叶尖上流出来的；那种香，没有一点点杂质，喝一口，全是草莓的清新和茶的醇厚，温暖也从舌尖流到心里。

　　"有什么秘方吗？"她问。

　　"没有。我只是买来草莓和茶叶。然后，把草莓挤成汁，煮沸，浇在茶上。"

　　他要挤多少草莓才能煮出一杯红茶？他要有多少耐心、温柔才能煮出这样一杯红茶？他要用多少的爱才能煮出这样一杯红茶？

　　有许多东西金钱可以买到，但这样一杯红茶却是买不到的，一杯纯粹的、手工的红茶。有许多东西是无价之宝，比如真爱。

　　这一刻，她真的决定在他车后坐一辈子了，没有怨言。哪怕这辆车所有的零件都掉了，或者已经散架了，也没关系，他们还可以走。

　　后来，他们结婚了。他们生活得很幸福，虽然经济上还不富裕，但是，他宠她。他为她做草莓红茶，做石磨里磨出的豆浆，做烤箱里烤出的蛋糕。他做的，都是外面买不到的。

　　光这一点，就让她永不羡慕别人。因为她得到的爱，是纯粹的、永远的——原汁原味。

金钱买不到的真爱

赏析／欧积德

　　清贫的男孩子很爱女孩子，是那种把心掏出来的爱。男孩子经常买草莓给爱吃草莓的女孩子吃，他们的生活过得很幸福。可是，女孩子想喝草莓红茶的时候，男孩子却没有钱去买，难道他们的爱情就因此而结束了吗？当然不是的，男孩子用自己的真心、耐心、温柔为女孩子煮了一杯世界上最香最纯的草莓红茶，茶里有爱情的清新、甜蜜。草莓红茶代表着他们纯粹的、永远原汁原味的爱情。读完这样的爱情故事，真的让人很感动，思绪飘得很远很远，我几乎回不来了。这样的爱情就是我们长大之后需要追求的，爱情是纯洁的、美好的，不能够有一点点杂质。我们追求的就是金钱买不到的真爱，这也是这篇小说带给我们的最好启发！

感动系列

踏步孩提时

第一炷香燃尽的时候，香炉周围是一汪清水，像极了女人的眼泪。

七炷香——第一炷香

● 文/佚 名

初夏的天气，阳光微熏。午后的恬淡与舒适正好用来小憩。童子一觉醒来，天色已晚。猛然忆起师父临走之前的交代，急急站起，往盒中寻那七炷香。师父说，天色落暮以前，一定要点燃这炷香，若不如此，以往的功德，将灰飞烟灭。童子点燃第一炷香，方才松了口气。

第一炷香

她醒来的时候，耳边轰然响成一片。

我这是在哪儿？她迷离地想。记不起过往的一切。努力定了定神，才看到炉边正在用力敲打的男子。

她挣扎着想坐起，男子蓦地回头，笑看她："姑娘，你醒了？"

她点了点头。男子长得很好看，面容坚毅。

"你叫什么名字？"男子走到床前问她。

我叫什么名字？她努力地回想，但一无所获。于是她反问："你叫什么名字？"男子在床沿坐下，擦了擦额角的汗水，答道："干将。"她应了一声，道："我叫莫邪。"

她不知道自己的名字，她只是觉得干将和莫邪是很般配的两个名字。她不知道她和干将般不般配，但她觉得既然来到了这里，碰到

158

了这个人，就应该珍惜。

"我这是在哪里？"莫邪问。

"这是我的住处。"干将回她，"我在树林中看到了昏倒的你，面色惨白。我以为你活不成了，没想到你竟然醒了！"说罢愉快地笑了起来。

"我曾昏倒？"莫邪像是问他又像是自问。过去的一点一滴慢慢浮现。她恍然忆起，曾经如青烟般飞升，在天空中化作一缕香魂，然后看到那个在树林中绝望上吊的女子，就这么，与她合二为一。

"是啊！你没事就好了！"干将似是松了口气。

"你是做什么的？刚才我只觉得很吵。"莫邪看着干将微笑的脸。

"我？是个铁匠。极喜欢铸剑。"干将看了看炉前的一柄烧红的剑。

"铸剑？"莫邪看了看炉前那个红彤彤的东西。

"是啊！王给了我铸剑的宝贝——铁胆肾。有了这样的东西，必能铸出绝世好剑呢！"干将充满喜悦地说。

"原来你是个有名的剑师！"她终于坐了起来。

"何以见得？"干将挑眉。

"你在为王铸剑。"莫邪捋了捋头发。

干将大笑："你真是个可爱的姑娘！"莫邪看他那么高兴，也跟着笑了起来："你那柄剑，何时能够铸好？""才刚开始铸呢！"干将呵呵笑着。

莫邪在干将这里住下了。日出日落，三个月一晃而过。

这几日干将一直锁着眉。莫邪觉得奇怪，便问他何故。

"我的这柄剑，怕是铸不成了！"干将叹息道。

"何故？"莫邪不解。

"铁汁凝结炉中数日不化。我铸了这么多年的剑，还从来没有遇上过这样的怪事！"干将摇头。

莫邪轻轻点了点头，微笑道："不必担心，我有办法！"说罢一甩长发，取过剪子尽数剪断，投于火中。

说也奇怪，那铁水居然沸涌起来，火焰蹿成一片。

干将大喜过望："莫邪，你是怎么做到的？"

莫邪但笑不语。

那一夜，干将莫邪结成了夫妻。

"记得师父说过，神物的变化，需要人作牺牲；金铁不消，需要人体的东西投入炉中。"后来莫邪告诉干将。

"你才是个好剑师！"干将拥住妻子。

幸福如满溢的泉水，源源不绝。

就这么铸了三年。莫邪怀了娇儿。

"莫邪，你说这剑何时方能铸成？"终于有一天，干将忍不住问妻子。

莫邪沉默不语。

这剑，但凭人力，恐怕铸不成了。一柄剑铸了三年尚未铸成，所有的灵气，都消失殆尽了。

"干将，你真的一定要铸成这柄剑？"莫邪问。

"对，我是个剑师，此生若不能铸出一柄绝世好剑，我死不瞑目！"干将看着远方，坚定地说。

莫邪若有所思地点了点头。

这一晚，莫邪在铸剑炉前坐了一夜，将自己所有的灵力，倾进炉中。

看着突然迸发了生命的铸剑炉，莫邪惨然一笑。她知道自己的生命，不会太久了。

第二天清晨，东方突然飘来两朵五色祥云，缓缓坠入炉中。干将大喜过望，知道此刻剑已铸成，于是小心地开了炉。但见一股白气蓦地蹿出，直冲上天，久久不散。再看炉内，青光闪烁，一对宝剑卧在炉底，寒如秋水，锋利无比。

"真是双喜临门！"干将看着妻子，眼含喜悦，"这对宝剑，就叫它作'干将'、'莫邪'！"

莫邪面有忧色。

"莫邪，你怎么了？不为我高兴？"干将奇怪地问。

"干将,剑已铸成,你的心愿也了了。不如,我们找个地方隐居吧!"莫邪看着干将,深情地说。

"隐居?"干将笑笑,"莫邪,你怎么了?好不容易铸成了剑,一定要献给大王的啊!"

"干将!"莫邪泪如泉涌,"你把剑献给了大王,还想活着回来吗?"

干将如被雷击中,默而不语。

良久,才道:"就算如此,我也要把剑献给大王。"

莫邪绝望而哭。

"莫邪,若我真的有去无回,你要收好那柄雄剑,若生为男儿,叫他替父报仇。"干将的脸上是挥不去的忧伤。

莫邪终于点了点头。

干将带走了那柄雌剑。没有再回来。

莫邪生下了干将的孩子,悉心照料他十六年。

"孩子,你要为父报仇!"莫邪给儿子做好了青衣,告诉他过往的一切。

年轻的孩子面带坚毅的表情,像极了他的父亲。他最后看了眼母亲,出发了。

莫邪知道这一次一定能成功。

但她等不到了。

"干将,来世,我们还能做夫妻吗?"莫邪化作青烟,袅袅上升。

佛祖慈悲,已经多给了她十六年。原本,她当命尽在生下娇儿的那一刻的。

第一炷香燃尽的时候,香炉周围是一汪清水,像极了女人的眼泪。

161

爱如大海

赏析／刘庆儿

　　干将与莫邪是一对恩爱的夫妻,莫邪对干将的爱胜过自己的性命。她为了帮助干将完成心愿,铸造一把世纪神剑而献出了自己的生命。

　　莫邪的爱是温柔、体贴,给所爱的人以最深的理解。所以,当干将要把铸出的宝剑献给大王时,莫邪明知干将有去无回,但还是默默支持他。莫邪的这种爱深如大海,是一种牺牲小我的大爱。这种爱无私,无畏,让所爱的人即使在满是荆棘的路上,也会勇往直前,无所畏惧。

　　我们也是,有深爱和理解我们的父母,那么,我们是不是也得像父母去理解我们那样,试着去理解父母对我们的爱?

他们选择了留住那份爱,留住爱的回忆,因而放弃了自己的幸福。

爱过五百年

●文/康 妮

　　她是一个美丽的标本。躺在这个冰冷的玻璃柜中已经整整五百年了。

　　五百年前她用她的声音从巫师那里换取了魔法,请他把自己制成一个爱情标本,等她的爱人前来与她相认。施法的时候,巫师对她说:"你将躺在这个神奇的玻璃柜中五百年,谁也不能将你带走。五百年以后,你等的那个人就会经过这里。如果那时候他将你认出,唤了你的名字,你就可以打开这个柜子,从此跟他远走天涯永不分离。如果他没有叫你的名字,你将化成一堆灰烬,永世不得超生为人。"

　　她微笑着说:"他一定可以认出我的,请大师施法吧!"

　　她把双手合在心上,露出一个最美丽的微笑,那是他曾经迷恋过的神情。她想他一定能一眼把自己认出，因为他曾经那样温柔地在她耳边说过——我喜欢看你笑的样子，永远也不会忘记。

巫师摇摇头对她说："你必须承受很大的痛苦才能使法力生效，你的神情会因为承受不了那种痛苦而变得可怕，你就是做出再美丽的微笑也是没有用的。"

她依然微笑着说："来吧，我不怕。我一定保持住这个微笑，他说过，他喜欢我笑的样子。"

巫师再次摇头，却不再说什么。于是开始施法。顷刻间如五雷轰顶般的剧痛从头至脚，她疼得几乎要跳起来，但是她强忍着疼痛，一动不动。一会儿，又如千万条小虫在她的身体里噬咬一般，直钻进她的心里去，让她忍不住要撕扯自己的胸膛；一会儿，又像躺在油锅里煎熬一般，炙热难当；一会儿，又像进了冰窖一样寒冷刺骨……但她依然没有动，头上的汗珠滚滚而落，在瞬间又凝结成冰。

一切都过去了，她感到自己的身体渐渐地变得僵硬麻木，继而什么知觉也没有了。而她依然保持着那个姿势那个笑容，始终不曾动过分毫。她看见巫师的眼里闪着惊奇，她知道她胜利了。

巫师合上盖子，然后就离开了，再也没有来过。

于是她就躺在这个巨大的玻璃柜里安静地等着她的爱人前来把她相认，她知道他一定会来的，一定会把她认出。那时候她就可以跟他永不分离——想到这里，她的心中就充满了希望，五百年的等待变得那么短暂轻飘，不值一提。

……

五百个寒冬酷暑终于过去了，一个美丽的秋日下午，她听到一种久违了的脚步声向她走来。她的心狂跳起来，她知道他来了！那个等了五百年的时刻终于来临了！五百年来她躺在这个玻璃柜里，她不知道自己成了什么样子，但她相信他一定会认出自己来！

他在她的面前站定了，还是以前的头发，以前的脸，一点儿没变。她本以为经过几世轮回后他会改变了模样，让她觉得陌生。她贪婪地嗅着他身上的气息，那是她太熟悉的味道，永远不会忘记。她在心中狂呼他的名字,可是他却再也不能听见。因为她的声音给了巫师。

他定定地看着柜中的她,眼中突然闪过一丝惊讶,仿佛想起了什么。她一阵狂喜,她知道他快要想起来了!他一定会唤起她的名字:"亲爱的!叫吧,叫我的名字!那么我们就可以永远在一起了!"可是,五分钟过去了,十分钟过去了……他没有出声,他只是久久地凝视着她,然后恋恋不舍地转身离去。

玻璃柜在他转身的刹那砰然碎裂。五百年来她第一次裸露在已经陌生的空气之中。

她清楚地听见自己的身体咝咝熔化的声音,她知道自己就要化为灰烬。魔法就要生效,自己将永世不得超生了……她在此刻突然变得安宁,对于自己的死去竟变得无遗憾起来。她用五百年的时间终于等到了他的到来,虽然,他没有唤起她的名字,虽然他没有让她重生,但她看见他望着她的神情,竟无法恨他一分一毫!她知道他一定想起什么来了,她还是在他的记忆中存在过的……不然,他不会那样久久地凝视着她,他的眼中不会有如许的柔情。"亲爱的,我终于等到你来看我了,终于可以带着你最喜欢的笑容离开了……今后的日子,你要好好珍重,原谅我不能陪你了……"

她的思维越来越模糊……她感到自己就要消失了……她用尽了最后一丝力气把自己化作一颗心脏的形状,然后魂飞魄散,终于与这个世界的阴阳无关连。

他终于离开了那块让他太熟悉的石头,朝前走去。突然听到身后一阵剧烈的碎裂声,心中莫名地一阵剧痛!蓦然回头——那玻璃柜和柜里那块人形石头已经不见,只剩下地上一堆小小的灰烬,像极一颗心。他狂奔回去,俯身跪下,抚摸着那堆还残存着温热的灰烬,眼泪潸然滴落。

是的,他想起来了——很久以前,他曾经对一个女人说:"我有一颗石头心。"

女人说:"来生,我会作一颗石头。"

他撕下一片衣角,默默地把那堆灰烬小心地包好,放入贴心的口袋。

从此,一直到死,那堆灰烬都没有离开过他的身边。他也从来没有开口说过一句话。

原来,他用声音向神明换得了轮回之后不改变的模样,好让他的爱人在来生还能一眼把他认出。这五百年来他一直在寻找那个女人,当他看见那块石头的那一刻,他震惊了!那个名字在他的心中唤了无数遍,可是纵使喊断了肝肠,他也再不能开口……

前生,他们无缘相守;今生,他们依然在宿命的折磨中彼此错过。那么来世他们会不会有一份完满的爱情? 可是,他不会知道,她再也没有来世了……

希望与幻想

赏析／刘庆儿

爱过五百年之后,她变为石头,默默地等待他的一声呼唤;他成为哑巴,静静地望着眼前的爱人。最终,她只有化为灰烬,永不超生;他只能继续幻想,幻想不能实现的希望。

这并不是巧合,更不是天意弄人,这只是冥冥之中的安排。他们选择了留住那份爱,留住爱的回忆,因而放弃了自己的幸福。这就是希望与幻想的区别:希望,是可以实现的愿望;而幻想,却是永远无法蜕化成现实的泡沫。不要将幻想与希望混为一谈,否则只会导致希望成为一场泡沫罢了。

砂进入蚌中,失去自由,却被呵护成为珍珠。世间的事物有失必有得,苦难的终点就是幸福。

五百年的等待

● 文/妙曼薄云

前世,我是一粒珍珠,拥有晶莹圆润的华丽外衣和不计其数的赞誉。但是,我并不快乐。以往的经历,给我的情感蒙上了一层重重的灰色,我像一个疲惫的旅人,早已倦怠了心情,独自惆怅而悲伤。

其实,我是一粒砂,海底中一粒很普通的砂。我与我的兄弟姐妹生活在这片海域。在我的旁边,是一株英俊的珊瑚。从我第一眼见到他时,便认定他是我此生最重要的人。

一天,一股强大的水流把我卷入了一个陌生的世界。极度的恐惧充斥着周围。一个声音传来:"我是蚌,你是谁?"我被吓得瑟瑟发抖:"我,我是一粒砂。"奶奶说过,砂一旦进入蚌中,就再也没有自由了。而重要的是,我将再也无法见到那株珊瑚了。所有的怨恨与绝望吞噬了一切,包括我的心。我沉默了,等待死亡。

过了很久,蚌对我说:"想看看你的家人吗? 不过,时间不能太长。"激动的声音含在口中,我却怎么也说不出。我只是一味地点头。只觉得他的身体在收缩,然后猛地释放开来。一缕光线柔柔地探了进来,外面的一切渐渐地清晰了。我看到了我的兄弟姐妹,还有他。他还是那么玉树临风,高傲地站在那儿。可是,他没有看到我。我多想跟他诉说我是多么地想念他,如果没有对他的思念,我也许早已到了下个轮回。可是,我还没有说出,两扇贝壳已经关上了。

我很感激蚌,从此我们成了朋友。我经常给蚌描述外面美丽的世界,还有,我喜欢的那株珊瑚。蚌从此经常张开,让我能见珊瑚一面。然而我知道,珊瑚是不会喜欢我的,虽然我爱他那么多,爱他那么久。蚌对我说:"我可以使你变得漂亮起来,那样他就会爱上你了。"我听了仿佛抓住了一棵救命的稻草,我连连点头答应。他便给我一种液体,让我天天涂抹。为了珊瑚,我愿吃所有的苦,我宁愿不见兄弟姐妹不见光明,宁愿在黑暗中度过漫漫岁月,为的是积聚美丽,为的是能让他爱上我。

一晃几年过去了,当蚌再次张开时,我已经成了一颗光彩照人的珍珠。珊瑚显然是注意到我了,他冲我微微一笑,如阳光般灿烂。一股幸福的暖流淌过全身,过去的万丈冰凌在那一刻早已变为繁花万朵。后来,我和珊瑚坠入了爱河。

一天,蚌问我:"如果有来世,你会做什么?"我想了半天,说:"还做一粒砂。你呢?"他淡淡一笑:"做一只蚌,愿把你变得更美丽,保护你,如果,你愿意的话。"

一次,正当我与珊瑚互诉衷肠时,一只巨大的触角劈头闯了进来。当我还没有弄清怎么回事时,两扇贝已经重重地关上了。我看到了珊瑚那惊愕的表情,他呆呆地站在那儿,一动不动。蚌大声地喊着我的名字,近乎歇斯底里。我连忙回答我在。那只大的触角不停地扭动着,挣扎着,他的吸盘紧紧扣在蚌的身体上。而蚌,也使出他的全力,让那个庞然大物无法动弹。就这样,他们相持了一天一夜。最后,那只海星自断触角,逃跑了。而蚌也昏死过去。

我一遍又一遍地呼唤着他,我怕他从此不再醒来。我从未有过这般的害怕与不安。好像他是我的天。焦急,不安,自责,已不重要了,我不顾一切地,近乎疯狂地喊着他的名字,只要他不死,只求他不要死。终于他醒过来了,"你,还好吧?"泪水早已决了堤,我只能任其肆意地泛滥。"没有,没有……"我把头深深地埋入他的怀里。

几天后,蚌又一次打开了。我见到了珊瑚。他忙问我:"你还好吧?上次把我吓坏了。你知道我有多担心吗?"我惨然地笑了笑。其实这次我是要与珊瑚告别的，我要告诉他我已经找到了这辈子最重要的人，不是他，是蚌。

这时，突然一个巨大的网把我们捞起。当我再见光明时，我看到了人。强烈的光照得我睁不开眼睛。他们拿着我左顾右看，都称我是珍宝。我已没心情听别人的赞赏了，我只要找到蚌，他在哪，我要告诉他我真正爱的是他！当我再见他时，他的身体已被刀子劈成了两半，安静地躺在一个人手中。那个人，把他狠狠地抛向了天空。他的身体在空中划出了一道美丽的弧线，然后，沉入了深深的海底。

我的心像被划了一道深深的裂口，汩汩地流着血。情感早已冲破泪的堤坝，我撕心裂肺地痛哭着，对上苍控诉。是我，是我，一手导演了他的死亡悲剧！我把泪水当作对他的思念，似乎只有泪水才能表达我对他的愧与爱。也许总有一些话，注定要埋藏在心里，哪怕这种错过会让苍天流下眼泪；也许总有一些东西，注定要随风而逝，哪怕这种逝去会让整个世界变得空荡；也许总有一些希望，注定今生无法实现，哪怕这种遗憾会跟自己一起埋入岁月。

后来，我被卖给了一个贵妇人，她把我镶嵌在钻石的中央。我更加华美了。然而，那只是我的一个躯壳，我的灵魂早已抛出了身体的边缘。一天，妇人坐在火炉旁，读着诗："无法消除那创痕的存在／于是／用温热的泪液／将你层层包裹起来／那记忆却在你怀中日渐／晶莹光耀／每一转侧／都来搅到痛处／使你怆然老去／在深深的静默的海底。"

时间凝固了，过去的一幕一幕如海、如浪涌了出来，拍打着心脏。原来，我是他的一个痛处；原来，他是爱我的，如同我深爱他一样；原来，我的美丽是他泪与血的杰作！在漫长的岁月中，爱早已使我们融为一体，只是，我一直没有发觉。

我也无法想下去了。我用尽了力量，奋力一跃，跳入那熊熊炉火中。火焰肆意啃噬着我，炉火外人们惊慌地乱作一团，但是我很快乐，我终于可以重新做回砂了，我终于可以见到蚌了。我要向上帝乞求，让我还能遇到他，我不要做什么珍珠，只要做他怀中的一粒砂。记得

路井孩据时

感动系列

他说过,他下个轮回还要做一只蚌,要保护我一生一世!

后记:我来到上帝那儿,乞求他让我来世还做一粒砂。上帝同意了,但是我要自己寻找我的那个蚌。我毫不犹豫地答应了。从此,我便背着我与蚌的前世的未了情缘,在茫茫的海底寻找他的踪迹。我寻遍了四大洋,寻找了五百年,可是,还是没有找到我的那只蚌。当我认定我们此生无缘时,木然发现一只蚌在向我招手。我认出了,是他!我不知该说什么,木木地站在那里,泪又一次决了堤。他却笑着对我说:"别哭了,傻丫头,我已经在这儿等你五百年了……"

失与得,缘差一念

赏析／谢清科

云在风的呵护下安稳地活着,却不知道它的重要。直到离开了安稳的家园,去独当一面时,才真切地明白了爱的蕴意。砂进入蚌中,失去自由,却被呵护成为珍珠。世间的事物有失必有得,苦难的终点就是幸福。

你在等待别人的时候,别人也在等待你。所谓的情缘就是在创造机会。如果认为机遇就是守株待兔般的偶然,那就是大错特错,没有付出努力的人,注定是要一辈子和时机失之交臂。

> 在他的第三世,你会遇到危难,到时候他会穿着
> 金甲圣衣救你于水火之中,然后还你一滴眼泪。

前世欠你一滴泪

● 文/佚 名

[第一世]

在恐龙灭绝之后不久,她爱着他,他不知道。

她把最甜美的果子喂到他嘴里的时候,他不知道。

她把最精美的兽骨项链挂在他的脖子上的时候, 他还是不知道。

甚至当她温柔地依偎在他的怀里,带着笑容睡去的时候,他还是不知道。

他穿着这个族里最漂亮的兽皮衣服, 戴着这个族里最漂亮的兽骨项链,身边还跟着这个族里最漂亮的女人,但是他还是不知道这是因为她爱他。他好像习以为常,习以为常通常不是一件好事,有好多该发现的东西没法发现,有好多不寻常的事都因习以为常变得寻常了。

于是他还是过着寻常的日子,他还是不知道这一切并不寻常。

在那时候,和外族的战争是不可避免的。胜利者得到奴隶和生存的权利,失败者注定要失去一切。这是自然的规律。

在无数次氏族战争中的某一次, 他们战败了。有的人失去了自由,有的人失去了生命。

通常失去生命的是男人,失去自由的是女人。因为长久如此,没

171

有人觉得这不公平，技不如人当然应该认输。被俘虏的男人等着被杀，女人则等着被某个异族男人领回他的洞穴。

她知道，这样一来，他们更不可能在一起了。她和他都将成为异族的奴隶，奴隶是没有自由的。

她没想到他可能被杀。

当她看着他在异族人的刀下倒下去的时候，她哭喊。

她曾经为他哭了无数次，只有这一次是当着他的面，因为那一刻，她的心真正地碎了。

她曾经为他哭了无数次，只有这一次他看见了，直到那一刻，他才明白原来一切都非比寻常，他才知道她爱他。他在心里说，我欠你一滴泪。但是他无法做什么了，因为他死了。

异族的首领发现有个女俘虏死了，据说是因为心碎了。

[第二世]

他是一只飞鸟，她是一条鱼。

他们相爱，但是他们无法见面。

他去找神——飞鸟总是最靠近神的动物。

神对他说："你们的姻缘是三生三世的，这是第二生，既然这辈子没指望了，还是等下辈子吧。"鸟没有眼泪，但是他的心在哭。

神轻轻叹了口气："我看见你的心在流泪。我可以用法力让你能够流泪，但是你要记住，只有一滴。"

过了一会儿，神又说：我再告诉你一个不是办法的办法吧，据以前的神说，只要大海干枯了，水里的游鱼就会变成飞鸟……

他马上飞走了。看着他的身影，神自言自语："哎，我又说谎了。"

在此后的日日夜夜，他抑制着自己思念的眼泪，并且叫着："不哭，不哭"，不停地衔着石头投到海里。在心里，他无数次地看见海干枯了，她变成了鸟，然后他对着她流下那一滴珍贵的眼泪，对她说，"我爱你"。但，这一切都只在心里出现过。

有人说他是布谷鸟,提醒大家及时播种。

有人说他是精卫鸟,为了复仇才要填平大海。

他们错了。因为他们不知道这是三生三世的爱情。

直到有一天,他要倒下了,虽然他不相信海是填不干的,但是他确实筋疲力尽了。

他感觉自己要哭了,他拼命地抑制自己,他声嘶力竭:"不哭,不哭!"他挣扎着最后一次飞向大海——他要倒在海里。

他渐渐地沉向海底,在生命最后一刻,他看见了她的身影,她也看见了他。

但是他们看不见彼此的眼泪,因为他们都在水里。

[第三世]

当她还是鱼的时候,她发誓要变成飞鸟。于是第三世她成了一只飞鸟。

他呢? 这一世他是一只小飞虫。

这次是她拜访了神。神对她说:"这是你们最后一世的姻缘,是最后的机会了。过了这一世,你们彼此将相忘于江湖。"

神又一次看见鸟的心里在流泪,于是对她说:"在他的第三世,你会遇到危难,到时候他会穿着金甲圣衣救你于水火之中,然后还你一滴眼泪。"

风,把她和神的对话送到他的耳朵里。他笑了。他知道他终于可以在第三世见到她了。这样,那些话,那滴泪,都可以送给她了。

这一世,他们互相寻找。

向左,向右,不断地选择。

不只一次,他们在同一条路上飞过,但是时间不同。

不只一次,他们在即将相遇的时候,选择了相反的方向,就此错过。

他们彼此追逐, 他们无数次重复着对方的路线, 他们无数次错过。

天空实在太广阔了。

冬天的某一天，风告诉他，她在朝着他飞来，叫他在这儿等着。

他欣喜若狂，生怕错过她，偎在一棵松树上四处张望，发现有时候阳光竟是那样的灿烂。这两世，他是第一次有时间注意到这件事情。

太阳注意到另一件事：他快死了！没有任何一只飞虫能度过冬天。他等不到她了。

他开始感到自己要死了。他恨，他恨飞虫的寿命太短暂；他恨前世飞鸟不能游泳；他恨自己那么晚才明白：她爱着他。

他快死了，但是他不能死，因为这是他们姻缘的最后一世了。

那么金甲圣衣呢？那么那一滴泪呢？难道神又一次说谎了？

她在飞过来，但是他的生命在急速地流逝。

看到这一切，他依偎的那株松树哭了。

松树的眼泪是一滴松脂，这滴眼泪正好把他包围起来。紧紧地，使他的生命不再流逝，他因此保住了最后的一点儿生命力。但是同时也失去了行动的自由。

这是最后一世了。谁也不能眼睁睁看着他们再次错过。

她飞来了，他喊，但是他喊不出声，松脂已经凝固。

她看见有个金黄的东西，是那样地耀眼。但是她错过了，因为在她心里，多耀眼的东西也没有他重要。

最后一世，他们就这样错过。

在她筋疲力尽地倒下的时候，太阳哭了，因此天阴了；风哭了，因此下雨了。

[其后]

时光不顾一切向前飞奔，轮回照样进行。

千年的轮回，使松脂变成了琥珀，而他，还靠着最后的那一点点生命力活在他的第三世。只要琥珀不被打碎，他就会一直活在第三世，守望着那段姻缘。

无数次轮回之后，她又变成了女人。但是她早已忘记了那段三生三世的姻缘，她有了另一个心爱的人，他们幸福地在一起。

有一天，她的男朋友看见了这只琥珀，买下来做成项链送给她。她把它挂在脖子上。

这是第一次，他们又能这样如此亲近地待在一起，但是他已经不能说话，她也早已忘记。

看着她和男朋友幸福地生活，他有时候很嫉妒，有时候很开心，但更多的是悔恨——如果自己早一点儿明白的话，他和她早就可以这样幸福地生活在一起了。他无数次地哭泣，但他已无泪。

有一天她的公司失火了，她在顶楼。

她拼命地逃啊，但火势很大，脚下是一片火海。

火神咆哮着："我还要吞噬一条生命！"

她听不到，因为她是最后一个目标，因为她已不是远古的生物。

他听到了。他还活在他的第三世。

那一刻，他蓦然记起千年之前神的话语："在他的第三世，你会遇到危难，到时候他会穿着金甲圣衣救你于水火之中，然后还你一滴眼泪。"

原来如此！

奔跑中，她感到脖子上的项链蓦然断掉，但是她无暇顾及，她要跑出去，她的男朋友还在等着她。

她不知道，在她身后的火海里，那只琥珀融化了，从琥珀中冒出一个气泡——那是他早在松脂凝固之前为她流下的一滴眼泪，这滴眼泪在千年之后被火神释放出来。

不用问他怎么样了，就算没有火海，他的生命也会因为琥珀的破碎而完结。

火神吞噬了最后一条生命，在她的背后止步。

她奔出火海，扑到男朋友的怀里，哭了。人们都说她能从大火里逃生真是奇迹。

她的男朋友抱着她哭了,大声地说"我爱你"。她周围的人都很清楚地听到了,但是没有一个人听到火海里那只千年之前的小虫的临终话语,那也是一句——"我爱你!"

神在天空中望着一切,"在他的第三世,你会遇到危难,到时候他会穿着金甲圣衣救你于水火之中,然后还你一滴眼泪。"千年前他说的话在自己耳边响起。

神哭了。

她和男朋友一直都很幸福,但她不知道这是因为神为她哭过的原因。

[最后]

轮回继续,生命继续。

惟一不再继续的,是那段被遗忘的三生三世的姻缘。

错过的爱

赏析/儿 裳

"如果自己早一点明白的话,他和她早就可以这样幸福地生活在一起了。"这是他的悔恨。前世,因为习以为常,他不知她是如此地爱他;因为习以为常,他不懂得如何好好爱她。最终,轮回三世后,她忘记了他,投向了他人的怀抱。

人总是这样,失去后才懂得珍惜,错过后才知道身边的最美好。可是,失去就是失去,错过无法追回,机会不会时时刻刻出现在你身边。不懂得珍惜机会,就只能白白地让它流失。别放手,把握你身边的每一个机会。

等一会儿，花仙子和圣诞老人接你去的时候,你不要害怕，你要高高兴兴的，你在天堂里一定会开心,点点,你听到了吗……

你在天堂会开心

● 文/徐慧芬

已是腊月了。今年的冬天特别冷,这间小小的病房里从早到晚都开着暖气。明亮的窗玻璃上因挂满了雾水珠而变得模糊起来,这让屋里的一群孩子感觉不到冬天的景象。

屋子里的孩子都患了同一种病。病情稳定时,他们把病房当成自己的家,看看书,画画图,做点儿像折纸这样的手工。情况严重时,他们就整天卧在床上。

这个叫点点的六岁女孩病情开始严重了。但是,她仍很快活。因为她的妈妈每天都要给她讲好听的故事。一年来,妈妈好像成了一个童话作家和故事大王了。妈妈故事里的主人公总是这个叫点点的女儿。妈妈的故事常常把其他的孩子也迷住了。

圣诞节的晚上,天气特别冷,孩子们收到了圣诞老人的礼物——那是病区医护人员的慈善行动。孩子们欢喜了一阵后,渐渐进入梦乡。只有点点喘着气,似睡非睡。妈妈把礼物举高放到点点眼前,点点连握一握礼物的力气也没有了。

"妈妈,我要听……"点点眼睫毛动了一动,张了张微闭的眼睛,声音轻得只有妈妈才能听见。

妈妈蹲了下来,把嘴巴对着点点的耳朵:"好的,妈妈接着昨天再往下给你讲。"

"花仙子住在天堂里,为了不惊动地上的人,一般都是在晚上,轻轻地踏在云身上,风一吹,就把花仙子吹到地上来了。花仙子到地上来是有一种工作要做,做什么工作呢?她要采摘地上各种美丽的鲜花。花仙子随身带着一个很大的篮子,她要把地上长着的,还有树上结着的花,采下来装在篮子里,带到天堂去。干什么呢?带到天堂里去炼药,炼一种能治百病的药。有一天,花仙子踏着云,又来到了地上。风儿轻轻一吹,把她吹到了这间屋子里。这是在半夜里,大家都睡着了,一点儿都没觉得。花仙子看到床上躺着一个叫点点的小姑娘,这个小姑娘长得很像自己。花仙子想认她做妹妹。花仙子知道点点生病了,吃了很多药,打了很多针都没好。花仙子准备把点点带到天堂,用百花炼成的药把点点的病治好。花仙子把点点抱起来,装在她的篮子里,可是花仙子的篮子里装不下点点。花仙子只好失望地回到天堂。有一天,她在天堂散步,碰到了圣诞老人。圣诞老人听了哈哈大笑说,这有什么难的呢?圣诞之夜我正要把礼物带给孩子们,礼物送完了,你和点点都可以坐到我的雪橇上,我把你们带回天堂……所以……点点,你听着吗?等一会儿,花仙子和圣诞老人接你去的时候,你不要害怕,你要高高兴兴的,你在天堂里一定会开心,点点,你听到了吗……"

妈妈的声音越来越轻,越来越轻,越来越轻……

点点的脸上开始出现一种异常的笑容,眼睫毛又动了一下,嘴巴微微张开:"妈妈,我真的很开心。"像花瓣掉在地上的声息,也只有点点的妈妈听得出声音的确是快乐的。

一切静了下来。

点点的妈妈把头伏在女儿床上。好久,她才站起来,开始把花篮里,还有花瓶里的鲜花,慢慢抽出来,一枝一枝盖在女儿身上。然后她叫来了护士。

一辆推车载着盖满鲜花的点点,缓缓走在病房的过道里。声响惊动了一些陪夜的人。

"唉,这女人的眼泪早哭干了……可怜啊,骨髓配对都对不上……"

有人轻轻叹息,议论着。

扶着车子的点点妈妈好像什么也没听见。一年前,从知道点点的病情起,她这个单亲母亲的心就被剜去了。此刻,她机械地,一遍又一遍对自己说,毕竟女儿是开开心心走的,她也没有理由放纵自己过多的悲伤,接下来要想法多赚点钱。她忘不了,女儿生前问过她一句话:"妈妈,我们欠了人家很多钱吗?"

美丽"谎言"的伟大

赏析／盘静宇

被病魔夺去幼小生命的点点是带着美好憧憬,跟着花仙子坐着圣诞老人的雪橇高兴地去天堂的。面对病魔,点点没有一点儿恐惧,也没有一丝的惊吓,因为,妈妈用那些美丽的童话,用那颗伟大而无私的心和那份无微不至的爱呵护着病危中的点点,让小点点带着美好的憧憬,开开心心地离开了人世。

文章中,我们体会到了母爱的无私与伟大。点点妈妈忍住即将失去爱女撕心裂肺的悲伤,看着即将离去的女儿点点,咽泪装欢,传递给女儿的尽是欢乐和微笑,直到女儿快乐地离去的那一刻。而留给点点妈妈的却是为点点治病欠下的巨债。

回荡在你我耳边的"世上只有妈妈好"的歌声也许我们早已听腻了,但看完这篇文章你会有新的顿悟:母爱从来都不会过时!为了孩子,母亲甘愿忍受一切痛苦的无私奉献精神,使你不得不叹服世间母爱的伟大和感人。

我们不能够以外貌来衡量一个人好与坏,而要看他的心灵是否美丽。人是因为可爱才美丽。

美丽沼泽地

● 文/蒋 寒

晨曦,沼泽地。一位江南秀女与展翅天鹅……浑然构成了这幅荣获全军"和平杯"摄影大赛金奖的经典之作《盼》,至今悬挂在连长罗翔的宿舍。据说,这是罗连长几年前一次回乡探亲时偶然抓拍的;又据说,照片上那位秀女后来成了我们的嫂子。

我们指着照片上的她问,那是嫂子?罗连长不假思索,正是丑嫂。一颗颗青春的心因此灿烂,一个个如花的梦因此绚丽……是的,虽然这里只有层层山峦和排排营房,没有湖泊、沼泽和秀女,但因雷劈不动的罗连长和那幅催人奋进的《盼》,我们没有了寂寞。

离队老兵留下一句话,在这山洼里,想见嫂子比见司令员难。那年夏天,山洪暴涨……灾情过后,司令员来了,兵们夹道欢迎。我们向罗连长保证,嫂子来,我们也夹道欢迎。罗连长依然不假思索,拉钩?拉钩。一下我们的心都快蹦出来了。当我们小心地翻烂日历,也仍不见秀女的影子,甚至也不见一封情书和一次"热线",我们就开始用一种疑惑的眼光打量罗连长……

又逢山洪。这天,狂风怒吼,乌云翻卷,电闪雷鸣……罗连长带着我们护线兵沿着崎岖的山路闪电般地执勤……突然,大伙儿的心情犹如倾盆大雨一泻如注,霎时天地淅沥,雨雾腾起……暴雨中,一位士兵"啪"地摔倒,又一位士兵摔倒,第三位士兵摔倒时,罗连长挺出了他大山般的胸膛,谁知一脚悬空……罗连长被我们用担架火速送进了师医院。

险,罗连长仅伤了两根肋骨。在我们接他出院归队当晚,一推开他的宿舍,都不禁愣了,他的屋里坐着一位丑女人。紫娟!只见罗连长快步迎了过去,你来了?

罗翔——!那位满脸沼泽的女人也不顾周围的兵们,热情地向他扑去。

我们继而愕然,天,面前这位丑女人是?一旁陪着的蒋指导员忙向罗连长解释,嫂子是想给你一个惊喜、给大家一个惊喜呢!罗连长这才招呼我们,来,我给你们介绍介绍,这就是你们渴望的嫂子。嫂子?一双双眼睛瞪大成问号:明明是雨果笔下的笑面人!美丽湖泊旁的沼泽地!连长干吗要用美女图自欺欺人。那丑嫂也大方地向我们鞠了一躬,你们好!我们也条件反射地还了个军礼,嫂子好!一颗颗心却忽地结成了冰。

当晚,在蒋指导员的精心安排下,连队举行欢庆晚会。大伙嘀咕着呆在这狗屁山洼里真没劲,像一米八的连长到头来搂个丑婆当宝贝呢。当娱乐室彩灯辉映,音乐响起,一位勇敢的兵夺过麦克风,唱起:我很丑,可是我很温柔……

掌声哗哗如潮。掌声中,细心的我们觑见丑嫂的巴掌更欢,就趁机喊,请嫂子来一支好不好?好——!齐声附和。于是掌声再次响起。

在罗连长雄浑的男中音伴奏下,丑嫂清脆地唱起了"十五的月亮,照在家乡照在边关,宁静的夜晚你也思念……"一束束目光聚焦丑嫂,继而掌声雷动。此刻,只见蒋指导员走上台,魔术般呈现出罗连长那幅经典之作——《盼》,全场倏地鸦雀无声,都暗自嘀嘟:指导员,你这不是成心揭连长望美止渴的老底吗?让丑嫂难堪吗?

谁料蒋指导员深情地说:兄弟们,你们可知道这幅照片上的主人公吗?她就是来到我们晚会现场的这位伟大军嫂——林紫娟。丑嫂朝大家深深地鞠了一躬,眼睛湿润地走近那幅巨照。哗哗哗……掌声掀涌着画中女神!掀涌着沼泽地旁的美丽天鹅……蒋指导员说,三年前的一天午后,紫娟所在的银行突然闯进几个持枪蒙面人,大叫着"都趴下,把钱交出来",所有人几乎当场瘫软,任凭摆布。在这紧要关头,身为军嫂的紫娟同志奋不顾身地按响了手机上的一一〇……蒙面人气急败坏地将一瓶镪水疯狂泼过去……

嫂子万岁——!我们狂呼着,山里顿时沸腾了!

翌日,彻夜未眠的我们争先恐后要与嫂子留影。罗连长提议集体合影。于是他再次操起相机,咔嚓,将我们的开心和着嫂子甜甜的笑永远定格在山里。

拿到照片,我们不约而同在背面写道:美丽的沼泽旁,一群快乐的丑小鸭。

紫娟嫂子离队那天早上,我们全连几十号官兵整齐列队,行着庄严的军礼,夹道欢送。

可爱的军嫂

赏析/潘向前　欧积德

三年前的一个午后,有歹徒抢劫银行,而一个叫紫娟的军嫂不顾生命危险,挺身而出,勇敢地拨通了一一〇,挽救了国家的财产损失,而使自己本来很漂亮的容貌被歹徒用药水给毁了。这个军嫂正是连长的妻子。全连官兵都很喜欢和盼望这个原本漂亮的军嫂来连队探亲。当她以丑陋的面目出现在全连官兵面前时,大家都感到纳闷和无法接受。当指导员向大家揭露真相时,大家又由衷地喜欢和敬慕起这位军嫂。是呀,官兵们怎么能够不喜欢这个军嫂呢?她为了国家的利益奋不顾身,这种英雄气概实在值得我们敬重。这样的军嫂怎么会不让人觉得可敬呢?

故事很感人,我们从中学到了什么呢?我们不能够以外表来衡量一个人的好与坏,而要看他的心灵是否美丽。因为人是因为可爱才美丽的。

我们需要用自己丰富的情感给自己的生活、给别人的生活营造一些温馨，这是一件很美好的事情。

紫 雏 菊

●文/[美]帕特丽夏·谢劳克

我在新泽西州庞姆特湖圣玛丽教堂教书的时候，在一次宗教课上，我向班上八岁的学生们宣布了我的计划，我希望所有的同学能在学校附近做些额外的工作,挣些钱。我说:"然后用这些钱买些感恩节晚餐用的食品,送给那些可能连顿像样的晚餐都吃不上的人。"

我想让孩子们自己去体验书上所讲的:给予比接受更能使人愉快。并想让他们明白,信仰可不光是知道和说一些悦耳动听的美妙词句,更重要的是应该做些什么,使它变成活生生的现实。我希望他们能够切身感受到自己具有能使生活发生变化的力量。

在感恩节到来的那个星期,男孩子和女孩子们早早就来到班上,他们得意地攥着自己挣来的辛苦钱。他们为此去耙过树叶,这从他们手上起的水泡可以看出来。他们摆过餐桌,刷洗过碗碟,帮助看护过小弟小妹们。现在呢,他们可真等不及了,只想赶快去买东西。

当他们在超级市场的过道里穿梭着跑来跑去时,我负责照管他们。最后,当我们推着满载着火鸡和花色配菜的小车向结账处走去时,忽然,一个孩子又发现了"新大陆",这使得其他的孩子们都飞奔过来。

"看!花!"克瑞斯汀大喊起来,紧跟着孩子们旋风般地冲向节日植物陈列处。

踏步孩提时 感动系列

我极力劝说他们要实际一些，用余下的钱再多买些食品，这样可以多吃几顿，但我白费了一顿口舌，最后我只好说："花又不能吃。"

"可是，谢劳克小姐，"回答我的是一片尖细的吵吵声，"我们就想买花！"

看着眼前那么多排列整齐的鲜花，我终于让步了。很多花瓶里插着五颜六色的大朵儿的鲜花，有赭色的、金黄色的，还有像葡萄酒一样的红色的。而镶嵌在众多陈列品正中的，是一盆与其他花色不协调的紫雏菊，"她一定会喜欢这盆花的。"当孩子们把这盆紫色的植物费力地搬到小车上，他们一致这样认为。

镇上办事处已经给了我们一个姓名和地址，这是一位已经孤独地生活多年的穷苦的老奶奶。不一会儿，我们就颠簸在一条坎坷不平的土路上，去寻找老奶奶的住处了。这时，车厢里可没有那种超俗的气氛。"你挤着我了。"一个声音大喊。"我可害怕见陌生人！"另一个说。面对这些咯咯发笑和你推我挤的孩子们，还有那盆不起眼的紫雏菊，我真怀疑，我的那些"给予"和"接受"的说教是否能起点儿作用，为孩子们所接受。

最后，我们终于在一座湮没在树林中的小房子跟前停下来。一个身体瘦小、满脸倦容的老妇人来到门口，迎接我们。

我带来的那群孩子们急匆匆地去搬运食物。当一个个盒子被搬进去时，老奶奶"噢啊"的惊叹声，使她的小客人们兴奋极了。当艾米把那盆紫雏菊放在柜子上时，老奶奶大吃一惊。我想，她一定在想这要是一盒麦片或是一袋面粉该有多好啊。

"你喜欢在这儿看到这么一盆花吗？"迈克尔问，"我的意思是说在这个树林子里。"

老奶奶高兴起来，给孩子们说了许多生活在她周围的动物的故事，还告诉孩子们，小鸟怎样成群飞来，吃她放在地上的面包屑。"可能因为这样，上帝才派你们给我送来吃的。"她说，"因为我用自己的食物喂小鸟。"

我们回到了车上，在系安全带的时候，我们可以透过厨房的窗户直接看到屋子里。老妇人在屋子里向我们挥手告别，然后她转过身去，穿过房间，绕过那一盒盒的食物，绕过我们送给她的火鸡，绕过那杂色配菜，径直走到那盆紫雏菊前，把整个脸埋在了花瓣里。当她抬起头时，嘴角边挂着一丝微笑。此时，她脸上的倦容一下子不见了。在我们眼里，她好像变了一个人。

头一次，孩子们变得那么安静。就在那一瞬间，他们亲眼看到了自己的力量，这力量可以使别人的生活变得更美好。

而我自己，也从中明白了些什么。这奇迹的产生，并非来自成人有用的经验之谈，而恰恰来自孩子们天真丰富的情感。孩子们想到了，在这阴郁沉闷的十一月，人们有时需要一盆温馨的紫雏菊！

给生活多一些温馨

赏析／潘向前　欧积德

如天空有时候会乌云密布一样，生活也会有阴郁沉闷的时候，每当这个时候，我们需要的是什么呢？我想，此刻我们最需要的是一种温馨的感觉和一份精神的慰藉。不是吗？

我们不难想像孩子们为什么不顾老师的劝告，坚决要买紫雏菊。为什么呢？因为孩子们有他们丰富的感想、真实的感受和独特的见解。结果证明他们是对的。大家知道，食品虽然是我们每个人都需要的，但有时候，特别是在人处于阴郁沉闷的时候，就更加需要一种温馨的感觉和一份精神的慰藉了。

我们每个人都需要用自己丰富的情感给自己的生活，给别人的生活营造一些温馨。这是一件很美好的事情！我想每一个人都愿意用自己的力量使别人的生活更加美好，从而也使自己的生活变得更加美好。不是这样的吗？

地球人沃洛霍夫与外星人菲拉特的相恋是甜蜜而悲哀的。当太阳熄灭，黑夜降临时，他们不得不离开，这段恋情不得不夭折。

在天涯海角

● 文/[俄]奥·拉里奥诺娃

飞船在太空划了一个优美的弧线，离星球表面只剩一千五百公里了，沃洛霍夫准备迫降。飞船的陨星定位器失灵，通信联系也失去了，现在他正处在第七级远区，而以往人类到达的最远处是第六级远区。

沃洛霍夫在星球白昼区的海滩上着陆。仪器表明这里一切都很正常，但他还是小心翼翼地等待了半个多小时。他的飞船是小型的星际探测飞船，属科雷切夫系统，不能携带微型越野车。所以沃洛霍夫只想在这个星球上稍稍站一会儿。

沃洛霍夫穿上具有极高防护力的合成里克纶宇航服，它富有弹性而且很柔软，却异常坚固，连激光也不能穿透它。他放下应急梯子，踏上了陌生的星球。

地面上，纯净碧绿的砂粒堆成了山。沃洛霍夫惊叹这个星球的阔绰。这虽不是真正的绿宝石，但其中所含的铜化物极为丰富。有这么丰富的矿藏而不利用，在沃洛霍夫看来是不可思议的。

沃洛霍夫转身想回飞船，突然看见沙丘边有个赤脚姑娘朝他走来。姑娘的衣服只是一前一后两块白布，肩部的宝石会使地球上古代的国王不惜以半壁江山来变换。她看上去只有十五岁左右。

姑娘怒气冲冲地向沃洛霍夫发话,显然是在问他从哪里来。沃洛霍夫指指天空,说从星星上来,她却不懂这是什么意思。她像对玩具娃娃那样,以教训的口吻询问沃洛霍夫。她用了近十种不同的语言,但沃洛霍夫仍不甚明了。

她似乎对沃洛霍夫的古怪装束感到不满,突然间伸手抱住了沃洛霍夫的脖子。宇航服的合成里克纶碰到她潮湿的手指发出玻璃碎裂般的声音。沃洛霍夫在惊惶中只感到一股热气冲进了头盔,等反应过来,头盔已经落在了她的手中。沃洛霍夫目瞪口呆地望着她的手,她则笑嘻嘻地把手放在嘴边,舔上唾沫,然后迅雷不及掩耳地用手指在宇航服上一划,宇航服慢慢裂开,散落到地上。

沃洛霍夫见她并无恶意,只是很乐意跟一个陌生人逗着玩儿,于是就用手势和她攀谈起来。沃洛霍夫告诉了她自己的名字,而她则说她叫"菲拉特"。

沃洛霍夫一直在向菲拉特暗示他需要帮助,修理飞船的星际电话。但自从她说出了自己的名字后,沃洛霍夫的心情发生了某种变化,一切似乎都可以等一等再说。

现在最重要最神奇的是菲拉特的拳头。她手中的绿沙刹那间变成了小石头,她一握拳再伸开,小石头又变成了贝壳。

沃洛霍夫惊讶不已。随后贝壳又变成螃蟹,变成蓝色水藻,最后变成一条胆怯地摇着尾巴的金色小鱼。后来,菲拉特的手心里又出现了比小指头还小的小精灵。

沃洛霍夫突然发觉在烈日下呆得太久了,何况又是外星系不同光谱的太阳,这简直是发疯。于是他建议菲拉特到阴影里去。菲拉特似懂非懂,把两根手指放进嘴里,打了几个尖声口哨,简直像是地球上的顽童。

不一会儿,有个绿色的东西从远处飞来,这生物有点儿像鳐,蛇一般的细身子,小巧玲珑的嘴,半透明的一米来长的大鳍使它看起来像是带穗子的地毯。这生物对沃洛霍夫有点儿怯意。菲拉特用一种陌生的语言对它说了些什么,跟她今天早晨对沃洛霍夫的语气一样。这

踏步孩提时

感动系列

生物便摇动大鳍，飞悬在他们的头顶上方，投下一片凉爽的阴影。

沃洛霍夫的呼吸马上感到轻松起来。他向菲拉特解释修理飞船的事，并在沙地上画了飞船的形状。菲拉特则在飞船旁画了许多向四周散射的虚线。沃洛霍夫明白了她的意思，忙向她解释损坏的飞船没有辐射，叫她不用担心。

菲拉特站起身，拖着长音喊了起来，像是召唤远方的什么人。不久，从附近的沙丘后蹿出一头白熊，它那细长而分叉的舌尖和三排利齿，无论如何不会让人感到它是善良的。沃洛霍夫奋不顾身地护住小姑娘，而白熊却突然停下哈哈大笑起来。这是毫无恶意的由衷的人类的笑声。

沃洛霍夫像是受了愚弄，但也不由得笑了起来。菲拉特从他身后走出来，生气地说了几句，像是在责备白熊：没有什么好笑的，办正经事要紧。

她指着飞船，对白熊说了几句话。白熊张大嘴应了几声便向飞船跑去。沃洛霍夫感到很惊奇，这头熊竟会说话，便问菲拉特它讲的是哪种语言。菲拉特只是耸耸肩。这时白熊跑了回来，冲菲拉特点点头，于是他们就朝飞船走去。

沃洛霍夫看见有一群人正向他们走来。菲拉特冲着为首一个黑脸膛、黑眉毛的人叫了声父亲，他们父女两人十分相像。但沃洛霍夫觉得其余的人也都十分相像，就像在人看来，企鹅都是一般模样。

父亲朝菲拉特点了点头，菲拉特则深深地低下了头。父亲又摸了摸白熊的头，并碰了碰沃洛霍夫的肩膀，像是问好。

其余的人也用同样的方式向他问好。

他们转眼间便全部登上飞船，沃洛霍夫也想上去，但菲拉特拦住了他。她说飞船的语言是大家都懂的，用不着沃洛霍夫担心。

半小时后，志愿帮忙者从飞船上下来。沃洛霍夫觉得应该到飞船里取出表格和记事本，与他们建立联系，根据与外星联系规则交换一下应当交换的东西。

但他们已经下来了。菲拉特的父亲对她说了几句命令式的话后，走近沃洛霍夫和白熊,用先前的方式表示告别,其余的人照做后依次消失在沙丘后面。

"行了,你可以起飞了。"菲拉特说,"飞船没有损坏,只是有点儿不好使。"她转身轻盈地向大海走去,语音里没有一丝留恋。沃洛霍夫知道他们已经把飞船修好,他马上就可以返回地球了。但他有些怅惘,仿佛还有什么事没有做完。

他追上菲拉特:"我要飞走了,我们可能永远不会再见面了。"她冷静地望着他,他要飞走了,他们的确不会再见面了,但这对她又有什么影响呢?她只是无动于衷地站着。

"有一天,或许你们可以到我出生的地球去,你们不是能做到的吗?"

菲拉特慢慢地摇了摇头,说:"我们都很忙,你们的星球我们不需要,你们甚至不会……"她不知道该用什么词,她"啪"地弹了一下手指,突然,从她手指下飞出一片蓬松的雪花,有百合花那么大,雪花没有飞到沙土上就融化了。这时,菲拉特的手指渐渐地变成了青铜色,并突然发出赤金般的强光。她拍一下手,沙地上就滚过震耳欲聋的铜锣声。

"你们不会这样。"菲拉特似乎带点儿歉意地说。

"不会创造奇迹!"沃洛霍夫帮她说下去,"我们确实不会这样。我们那儿没有奇迹,但我们有太阳,不像这儿的太阳是淡白色的,像一枚银币。我们的太阳是金色的,火红的,耀眼的,像蒲公英。"说着,沃洛霍夫在潮湿的沙地上画出一朵蒲公英。

他们慢慢地走,沃洛霍夫不停地说不停地画。他讲地球,讲地球上的海洋,地球上的月夜和蔚蓝的天空。他还画了一个小点,表示地球在太空中的位置。

"沃洛霍夫,"菲拉特突然停下来,她第一次这样称呼他,"不用再说了,你飞走吧。"

是啊,他可以不断地说下去,但又有什么用呢?他以后永远也见不到菲拉特了。她说过,他们不需要地球。沃洛霍夫不再说话,他朝菲拉特俯下身去,她就像地球上任何一个姑娘那样羞涩地闭上了眼睛。

她的嘴很粗糙,沃洛霍夫真想用手去摸一下,但他只摸了摸她蓬乱的头发。她始终没有睁开眼睛。沃洛霍夫转身向飞船走去,菲拉特仍闭着双眼,一动不动地站着。

太阳将要没入地平线了,沙地上只剩下菲拉特一人在拼命地寻找着什么。她跪在地上,用手在摸索着先前沃洛霍夫留下的蒲公英。她听到了父亲的声音,父亲来找她了。

"你为什么把他放走,父亲?"她冲着走来的父亲大叫,"你怎么能这样轻易地放他走? 你无所不知,怎么就不明白,这是一个跟你我一样的人?我知道得太少,很容易弄错。我把他当成了智能动物,就像我和会说话的白熊,他自己说了,他把这叫做创造奇迹。"菲拉特哭了。

"他向我讲了他的那个星球,我现在一点儿也记不得他说了些什么,那时我却全听懂了。当我刚看见他时,我用十个星球的语言跟他

说话,我以为他听不懂。他的飞船不听他指挥,我还以为他只是不会修理飞船。我以为他什么都不会,实际上当时他是不愿意。"菲拉特有些语无伦次。

"那他到底会什么呢?"父亲轻声问。

菲拉特的头垂得更低了。

"后来怎样了?"

"后来这个太阳熄灭了,黑夜降临。"

"我们回家去吧。"父亲温情地说。

"不!"菲拉特说。她伸出一只手,手心上亮起绿色的萤火。

四周已经漆黑一片,海潮开始涌动。只有一团萤火在黑暗中闪烁,寻找通向地球的图画。

给父母看的

赏析／小鱼儿

这是一段超时空爱恋。地球人沃洛霍夫与外星人菲拉特的相恋是甜蜜而悲哀的。当太阳熄灭,黑夜降临时,他们不得不分别,这段恋情不得不夭折。

这仿如我们的所谓"门当户对"的婚姻。人们追求的是"竹门对竹门,木门对木门"的等级封建观念。偏见与封建容易造成社会的畸形、人们的冷漠。而这种偏见直接导致现代的子女们的反叛,导致愈来愈多青年走向了歧途。

试想下,当你的婚姻被限制时,你又会怎样?

踏步珍提时

感动系列

很多人对爱十分执著，甚至为爱牺牲生命。在他们为爱而死的同时，为何没有想到将爱化为另一种形式呢？

兄　妹

●文/清空之翼

　　遇见林风的那个九月，天格外热，作为大一新生的我开始了我的大学生活。刚刚被人甩的我心情特别差，似乎周围所有的一切都让我看不顺眼。这时，一个温和阳光的男子出现在我的世界。

　　那段时间，认哥哥认妹妹似乎是很多人热衷的一件事。因为无聊，我也不能免俗地有了个哥哥。以后就逐渐熟悉起来，话题逐一摊开。我从未与任何除同学外的人有过如此默契的交流，林风就这样陪伴我度过了大段大段本应该空白的时光。因为有他，我不再寂寞。

　　即使知道他在忙，我也喜欢任性地发过去一个个有趣的短信，然后想像着林风看到它们的时候，无奈又纵容的微笑。

　　这男子，生生地，让我牵挂。

　　但我知道，他牵挂的，不会是我。夜里，用被子蒙住头，眼泪不禁洒落。我告诉自己，你，不该这样。

　　圣诞节时，满城的烟火，华美的盛宴最是寂寞。我在街上，围着自己为自己买的围巾，眼睛酸涩地疼着，一个不留神，就踩空了台阶。

　　坐在地上顿时哭出声来，哪管什么别人的眼光。我多想，摔倒时扶我站起来的，是林风。

　　我看着满街的人群，繁华的街景从模糊到清晰，重又模糊，眼泪都快被风吹干。

曾经的伤口还没有痊愈,心有余悸的我,断然不敢将自己置身于新的危险中,所以,我选择了沉默,选择了让自己断绝这种不会有任何结果的想法。不要说我残忍,我只是选择了对自己对别人最好的一个结局。

喝醉的感觉真不好受,头晕,第一次用酒精麻醉自己,头脑中一片混乱,周围的人说了什么,我已听不清楚,一夜之后,我清醒了许多,最后的定位就是兄妹了,这对于我而言,是最好的定位。

其实我早已习惯了妹妹的位置,习惯了你的呵护,习惯了你的疼爱,习惯了你从不生我的气,习惯了你永远觉得我是最好的,习惯了你告诉我该做什么不该做什么,习惯了你提醒我天冷了多穿点儿衣服,习惯了你提醒我胃不好不要乱吃东西,习惯了不高兴的时候哭着给你打电话,习惯了把所有的不开心通通倒给你,习惯了你告诉我你会宠我疼我,习惯了我可以很骄傲地告诉别人我有个很好很好的哥哥……

曾经的混乱已经过去,曾经的痛苦也将消失,我意识到,在我心中,林风,仅仅是哥哥。现在的我,已经明白,兄妹,是我们之间最好的关系。我承认,我曾经很喜欢很喜欢他,可是喜欢和爱,是有着根本的区别的。是谁说过,喜欢与爱的区别就在于,你能否迈出这一步,而我,选择了收回自己的脚步。

每一天,我都会想他,想他那削得那样短薄的头发,明亮锐利的眼神,还有,总是当我如孩童般怜惜又促狭逗弄的笑容。而这种想念,仅仅是对于兄长的发自内心的感受。

或许有一天,我会遇到一个能让我倾心所爱的人,那时我会告诉他,我爱他。

我永远不会忘记,我有这样一个好哥哥,我也会默默地祈祷,真心地祈祷,你能够得到你所希望的幸福。

将爱化作另一种形式

赏析／海　熏

　　爱,是一种很微妙的东西;表达爱又是另一门高深的学问。小说中的"我"由于过去的伤痕而不敢接受另一段爱情,而将爱化作另一种形式。也许,在大一这个求学时期,将爱化为兄妹情,是一种最好的方式。

　　很多人对爱十分执著,甚至为爱牺牲生命。在他们为爱而死的同时,为何没有想到将爱化为另一种形式呢? 生命是如此地宝贵,何必为一时的受伤而放弃自己美好的将来呢?

　　孩子们,珍惜自己的前程与生命,爱,可以化为另一种形式!

超时空绕赛

踏步孩提时

　　是希望播下的种子,是理想孕育的胚胎。世界上只有她最令人向往,她的名字就叫——未来。

　　绕赛上,是缤纷的未来,是奇幻的世界。这里,有你意想不到的东西,有你幻想多时的事情。踩好油门,握好方向盘,在超时空绕道上驰骋!

在廉价的基因修改时代到来之前，基因歧视不可避免。

拒保的理由

●文/星　河

一

"方晓婷小姐，您的这份寿险我们不能受理。"

"为什么？"对方是个三十岁上下的职业女性，她能把眼睛瞪得滚圆。

"是这样，您的有关手续不全，比如健康证明、原始出生号码，还有染色体体检表格。"

"不全我可以补办。"

"很麻烦的，您要做好思想准备。"我善意地劝道，"至少要等半年的时间。"

"半年？你们的效率怎么这么低！"

"是政府。小姐，不是我们给您办，是您自己去办。"

"你们不能代劳吗？"

"不，我们没有这项业务。"我说的不是"我们收费很高"，对她我不能用这一招。

"你们公司可真有意思！"那位小姐嘟嘟囔囔地抓起手提包，"我到别家去。"

"对不起，小姐，鄙人实在无能为力。"我依旧笑容可掬。

"我会补全的。"不知道是什么刺激了她,她又改变了换一家保险公司试试的主意,然后起身"噔噔噔"地走掉。

我冲她的后背皱了一下眉,反正要半年以后再说。

我收好几份卷宗起身,十点钟上司要见我。

上司先说天气,然后马上进入正题,他手里是一摞我以前送过来的卷宗,他摘出横放的一大半告诉我:"这些批了吧,给他们点儿甜头。"

我扫了一眼那堆东西,几乎每个名字下的资料我都能倒背如流。这当然是我在保险公司混事儿的资本,也是因为他们来得太勤了,每周至少要打一次交道,一个赛一个地难缠,哪一个也不比方晓婷小姐逊色。

"这几份再搪搪。"他又指着那摞竖放的。我没问原因,老实地接过来。然后递去手里的几份,包括方晓婷小姐的那份。

"就这样吧。"上司语气平淡,没有拍拍我的肩膀说句"小伙子干得不错",但我知道他对我相当满意。

我边走边翻看那几份要"再搪搪"的申请,都是一年以内的,最长的一个也就拒了十个月。没有绝对不批的,只要你持之以恒,公司这边实在找不到理由也就过去了,按照上司的话说:"最多这笔赔了,计入损耗。"

回到办公室,约见的下一位以前被拒的申请者已经等了五分钟了,我把笑容贴回脸上,热情地告诉她为什么不能参加投保。

二

我在一家保险公司工作,我的工作很忙。法律专业毕业后我便来到这家保险公司,但是来应聘的时候却做了一堆奇怪的试卷,乍一看还以为是招科幻小说作家呢。总之试卷特别注重想像力,但这些想像又必须符合一定的规范,涉及法律方面的居多。复试的内容则是假装实战,让你找理由拒绝申请。我过关斩将,获得了这个高薪职位,后来我得知自己在进来之前就受到了上司的高度评价。

我的职位不是公司律师，但工资和他拿的一样高。

说是找理由，一点儿都不错。上司给我被拒卷宗的时候，不会告诉我为什么，需要我自己找来理由，来拒绝这些申请者。真的，没有任何真实理由，理由都是我编的——就是不想接受你的申请。

我拿着高薪，所以不问原因，但我心里清楚，我心里非常清楚，我的上司只管二个人——一个是我，另一个是一个计算机专业毕业的小伙子。我们这个部门是"特别处六室"——其实并没有什么一、二、三、四、五室。那个小伙子也不是保险公司通常意义上的电脑工程师，而是个地地道道的黑客，政府部门的数据库就像他家后院，他一天到晚都在后院里溜达。

我抽空给女友打了个电话，问她情况如何。她说她刚被蓝运保险公司给拒了，原因是她背景资料不全。我"哦"了一声，让她别着急，重新准备资料，不行就算了。

我开始寻找理由和她分手，这不算困难，她应该比我的前任女友好打发。很显然，她基因有病，而且可能会遗传得比较厉害。这点很重要，"背景资料不全"——最通用的理由。

蓝运公司和我们公司声誉相当，他们的结论可以信赖。可怜的女孩子！假如她是我的太太，我就要考虑加班挣钱了，至少要付三百万来修改基因，还不能保证成功。不过这么说也没什么意义，因为要是我太太，在政府资料里就会有记载，那样的话，不论是我们公司还是蓝运公司都会毫不犹豫地批准申请，还是那句话，"就当是赔了"，大家心照不宣。

不过可以再等等看，如果三个月后再给她一个"背景资料有待确认"的评价，那就说明遗传绝对有问题了。这个可怜的女孩。

接着我打了一个私人电话，打给我认识的一个小黑客，让他帮我查查我的基因有没有问题。小黑客答应把我的详细资料传过来，然后我就向他的账户拨款，反正他也看不懂那些资料，其实我也看不懂。我接到后会立即转手给一位认识的生物学家，她会告诉我我的基因是否有缺陷，缺陷到什么程度。

三

我们生活在一个发达的时代。我们生活在一个悲哀的时代。

政府早就颁布了法令，禁止了解别人的基因情况，认定这属于个人隐私。但是对于保险公司来说，这就意味着大量的进球——假如事先就了解到某些人在某种疾病上的患病率远大于其他人时，你还能做到公平地为他们签保险单吗？

我们公司不能，蓝运公司也不能，没有一家保险公司愿意回答"能"。

于是我们就有了行业黑手，为我们偷资料找理由拒保单。这实在是没有办法的办法，谁都想发财，谁都得吃饭。

我忐忑不安地等待着我的基因结果。

多少年前，当人类基因组图谱正式被公布之后，人类基因研究就

感动系列

进入了所谓的"后基因研究"时代。在这项研究当中,法律、法医、鉴定等词汇成了常用词,因为通过这些研究,我们很容易就能找到那条决定黑人和白人的基因, 找到决定有人容易患某种病而有人不容易患某种病的基因……人类所有的生理隐私都不再犹抱琵琶半遮面了。

有关当局及时发现了这一点,各国纷纷立法,承认基因属于个人隐私,非专业机构不得查询。但还是没用,基于前面诸多的合理和不合理的理由,整个社会最终不可避免地走上了基因歧视这条路。

在廉价的基因修改时代到来之前,基因歧视不可避免。

时代的弊病

赏析／basic

这是一个高速发展的时代, 基因工程已达到一个几乎完美的状态。而这个时代的主人公却寸步难行。基因组图谱的公布带来了基因歧视,廉价的基因修改时代到来之前,基因歧视不可避免。究竟是人类掌握基因工程? 还是基因工程控制了人类?

我们不断追求社会的发展,不断希望在科学领域里有新的发现,然而,人类在追求社会发展的同时,却没有想到如何正确地利用新科技给社会的发展带来益处。反之,我们却被时代的前进牵制住,带来各种各样的歧视与偏见……我们是否应该停止这样的生活呢?这是一个值得深思的话题。朋友,你认为该怎样对待新科技呢?

大奇家来了一个叫丘比特的小天使,真叫人高兴。和天使做朋友的大奇得到了天使的帮助,而和天使为敌的大虎和气功大师却受到了天使的惩罚。

大奇家的天使

●文/李志伟

　　大奇爸是个非常快乐的人。他上班快乐下班快乐,即使不小心被小蚂蚁绊了一跤,他也会乐得哈哈大笑。惟一让他生气的,是大奇的作文成绩总是不好。这天下午,单位里大扫除,大奇爸累得骨头都散了架。下班后他最想做的,就是靠在沙发上,泡一杯茶看电视。可是他走进卧室一看:哇,沙发上坐着一个长了一双翅膀的小娃娃! 那双脏翅膀破了,直往下滴液体,弄得沙发上都是花花绿绿的斑点,脏透了!大奇爸比儿子作文得了大鸭蛋还要生气。

　　"喂,我说你!"他指着小娃娃喊,"从我的宝座上滚下来!"小娃娃瞥了他一眼:"你就是这样跟小孩子说话的吗?""从来都是!"大奇爸把声音提高八度。大奇被爸爸的高音喇叭吸引过来,他一看见长翅膀的小娃娃,眼睛立刻亮了。"嘿,我认识你!"他兴奋地说,"你是不是姓丘?"小娃娃点点头。

　　大奇来劲了,说:"你怎么到我们家来了? 你的翅膀在流血,怎么回事?"长翅膀的小娃娃说:"我在天上散步,不小心被飞机撞伤了翅膀。我飞不动了,就到你家来养养伤。"大奇爸说:"嗬,你把我家当疗养院啦?""别这么说,爸爸,"大奇介绍,"他叫丘比特,是专管爱的天使!""天使就能随便霸占人家的宝座吗?"大奇爸很不服气,"你再不走,可别怪我不客气!"小天使说:"你倒试试看!""好啊,你跟我顶嘴?"大奇爸气得抓耳挠腮。没办法,平时他和气惯了,这拳头还真伸不出去。

"你等着,我叫大虎来收拾你!""爸爸别这样!"大奇拽爸爸的衣服。大奇爸一甩手,气呼呼地打电话。大虎长得虎背熊腰,年轻时经常打架闹事,连警察叔叔都不是他的对手。后来一位聪明的警察阿姨为了降伏他,就和他结婚了。结婚后的大虎改邪归正,当了街道的保安。"没问题,包在我身上!"大虎把胸脯擂得咚咚响,"我保证揍得他喊妈妈!"大虎雄赳赳气昂昂地走进卧室。咚!咣!劈里啪啦!卧室门开了,叽里咕噜滚出来一个大肉球。大奇爸一看:哟,是大虎!"我的妈耶!"大虎鼻青脸肿地喊妈妈,"里面是谁呀,比我老婆还厉害!""真不中用!"大奇爸一跺脚,"我叫气功大师来!"

气功大师戴一副眼镜,看起来文质彬彬。大家都说他是孙猴子的徒弟,有七十二变的本事。"我把他变成一只老鼠吧,"气功大师说,"这样,我就能向你推销'超级捕鼠夹'了。"气功大师镇定自若地走进卧室。轰!嚓!劈里啪啦!一道电光闪过,卧室里蹿出一只老鼠,还戴着眼镜。"真糟糕,他把我变成了老鼠!"气功大师说,"我不敢回家了,因为家里有'超级捕鼠夹'!"大奇赶忙说:"别怕,你连揪三下鼻子,就能恢复原形!"气功大师使劲揪鼻子,老鼠变成人。

"你还真行!"大奇爸对儿子刮目相看,"从哪儿学的?""这还不简单,童话里都写着呢!""那你一定能降伏小天使!""百分之一百二十!"大奇走进卧室。不一会儿,他领着小天使出来了。小天使表情安详。"神了!"大奇爸冲儿子竖大拇指,"你用了什么法术?""我给他吃了一块巧克力,"大奇说,"另外,我不是'降伏',而是和小天使做了朋友。我们商量好了,今后他就和我睡一起,伤好了他就走。"

啊?!还要住家里呀!大奇爸跌坐在地板上,两眼发直……好在大奇爸是个快乐的人,他很会调整自己。他还是上班快乐下班快乐,被小蚂蚁绊了一跤也快乐。后来发生一件更加让他快乐的事:大奇的作文成绩上去了,有一篇作文还在市里获了奖。惟一让他生气的,是每到下午五点半,小天使一定会占领他的宝座,眼睛一眨也不眨地看动画片!如果他知道小天使还帮大奇写作文,他一定会把鼻子气歪。

和天使做朋友

赏析／黄珍珍

大奇家来了一个叫丘比特的小天使,真叫人高兴。和天使做朋友的大奇得到了天使的帮助,而和天使为敌的大虎和气功大师却受到了天使的惩罚。

生活中,人和人的相处,就应该像朋友一样。和周围的邻居做朋友,和学校的同学做朋友,还要和自己的爸爸、妈妈做朋友,这样,大家相处得一定很愉快、很和谐。无论什么人,我们都要友善地对待。世界上并没有真正的敌人,对待每一个人都要像对待自己的朋友一样,我们才会生活得更加快乐。大奇不就是这样吗?大奇的爸爸用尽办法都不能把小天使赶走,而大奇却是因为与小天使做了朋友而"降伏"了小天使。这样大家又和以前一样快乐地生活了。

相信和天使做朋友的人,一定也会像天使一样可爱的。因为你和别人做朋友,你就是别人眼里的天使了。让我们都和天使做朋友,让我们都成为天使吧。

名誉是世人对一个人的高度评价，但是如果过于看重的话，只会让自己活得越来越累。

孔融让梨之后

● 文/李兴林

自从那次著名的让梨之后，孔融一夜之间成了名噪全国的新闻人物。全国各大媒体对让梨事件纷纷予以报道，发专稿，做访谈，充分肯定孔融让梨的重大意义。各大单位也争先恐后地请孔融去演讲，做报告、谈体会。年底，孔融理所当然地被评为全国十佳儿童。

领奖回来后，孔融被东汉小学破格录取到学前班就读。孔融年龄虽小，却十分聪明，诗词歌赋一学就会，加减乘除一点就通。期末考试，考了个双百。校长曹操非常高兴，亲自给他颁发了"三好学生"奖状。回家的路上，同学王粲对他说："孔融，你能不能把这个奖状让给我？你已经露够脸了，让咱也光荣一回吧。你连梨都让了，不会舍不得这张纸吧？"孔融本来不愿意，可又怕影响那来之不易的让梨之誉，只好忍痛割爱，假装高兴地同意了。

上中学之后，孔融课余时间，专心写作，常有美文在校报上发表。一天，孔融忽然灵感突发，文思如泉涌，一气呵成长诗《饮马长城窟行》。正要投稿，笔友陈琳看见了，满心欢喜，高兴地说：

"孔兄，你这篇文章让给我参加校报征文比赛吧，你自己再写一篇，反正你写文章比让梨还容易。"说完，拿起来就跑了，孔融目瞪口呆，哭笑不得！

再后来，谈女朋友的时候，孔融把自己喜欢的女孩让给室友刘桢了；找工作的时候，把自己的职位让给网友徐幹了；评职称的时候，把自己的名额让给朋友阮了；分房子的时候，把自己的大套房让给同事应……

事事谦让，实是有苦难言，孔融十分郁闷。久而久之，终于病倒了。到医院一检查，已是肝癌晚期。朋友和家人知道后都非常伤心，纷纷赶到医院看他，鲜花、水果、补品送了满满一病房。他的父亲最伤心，想到他小的时候舍不得吃大梨子就心痛，特地买来一大筐正宗山东鸭梨，非要他吃个够不可。孔融已到弥留之际，挣扎着坐起来，又选了一个最小的梨子，五个哥哥看着既感动又难过，哽咽着说："小弟，你就吃个大的吧！"孔融艰难地叹了一口气，苦笑着说："其实，我从小就不喜欢吃梨啊！"说完，一口气上不来，头一歪，死了，他手里还攥着那个最小的梨子！

为名誉所累的孔融

赏析／韦林利

"孔融让梨"这个故事是家喻户晓的千古美谈。而李兴林的《孔融让梨之后》里的孔融却因为"让梨"而使自己陷入异常艰难的境地，终身为"让梨之誉"所累，最后竟然郁郁而终，发人深省。

小说把古人置于当今时代，让人觉得趣味盎然。孔融从小到大，都处于"让"之中，让奖状、让文章、让女朋友、让工作、让房子……终而"事事谦让，实是有苦难言"，以致"郁闷"到"病倒"。孔融最后一句话"其实，我从小就不喜欢吃梨"一句更是石破天惊，深含寓意。他竟然是为这个意外的"让梨之誉"所累终身的。他为了保住这个荣誉而无休止地让啊让，没有限度，没有原则，连自我也失掉了。

名誉是世人对一个人的高度评价，但是如果过于看重的话，只会让自己活得越来越累，原来是动力的名誉竟成了累赘，而且是难以摆脱的累赘，最终只会把自己累倒。

圈套,明知是圈套,可奇怪的是,人们总是有意无意地争先挤进去。

蜡 人

●文/周德东

一个前卫艺术家搞了一个大型蜡像展,主题叫"十年代人类"。我是在媒体上看到的这一消息。

关里对我说:"我们去看看。"

我正忙着在电脑前敲字,说:"给个理由。"我卖字为生,一分钟值五十元人民币或者更多些。

他说:"不花钱。"

我当即就同意了。

后来我知道,关里不认识艺术家,也不认识展览馆的经理,他认识的是一个检票员。

那是个胖墩墩的中年男人,也许是毛发太少的缘故,他看上去有些怪。

关里刚刚二十出头,在一家公司编软件,我想不出,他们两个人有什么理由认识。

不过这个检票员是一个肯帮忙的人,他说,白天是两个人把门,不方便,因此只能把我们的"免费参观"安排在下班之后。这时候,天已经黑了。看他那紧张的神情,我们知道他为此担当了很大的风险。

说是参观不确切,应该说偷窃。没错,绝对是偷窃。

那个检票员悄悄打开门,把我们放进去,然后他在外面放哨。里面的灯也不敢全部打开,太显眼,只亮了几盏,不过光线足够了。

实际上,我已经有些懊恼了。来偷肉偷钱偷情都值得,鬼鬼祟祟,却只为着一个展览!

进了门,左右是两条弯弯的通道,毫无疑问,这个展厅是环形的,顺一个方向走进去,转一圈,从另一个方向走出来。往两边望去,通道的弧度含蓄地阻隔了视线,显得深不可测。

那些蜡像顺墙站着,一个连一个,每一个蜡像的右手都拿着一只鼠标,每一根鼠标线都延伸到后一个蜡像的脑袋上,从天灵盖直直地插进去。

我们慢慢朝前走,发现所有的蜡像都是这种关系。我明白了,这些蜡像在展厅里站了一个圆圈,首尾相衔,形成了一个循环。

应该说,这是一个浅陋的作品,却被媒体吹得很玄乎。不过如果把这些蜡像看成一个体力活,倒是很令我钦佩——这么多蜡像,得做多长时间啊。

我不喜欢蜡像,因为它们太像人了,可是,由于没有血液,那肤色又假得令人害怕,就像站着一具具尸体。

它们有男有女,不过年龄在十几岁到三十几岁之间,服饰无一雷同。

从衣着打扮上看,有染着红黄蓝头发的街头少年,有穿职业装的白领女孩,有着名牌的绅士,有雍容华贵的少妇……

不过,所有人的脸都是同一个人的脸,那是一张中性的脸,不过,表情却不同,好像同一个人穿着不同的衣服,做着各种脸谱:有的木木地看着前方,有的低头想着什么,有的脸上干净的笑……

其中有一个戴墨镜的女人蜡像,我忽然对"她"有些惧怕,就停下来,那副墨镜后面没有眼睛?

还好,眼睛是有的,"她"定定地盯着我。

我把眼镜给"她"戴上,离开了。

接着,我看到男人蜡像,"他"的手腕上竟然戴着一块手表。

我蹲下去仔细看了看,那是一块"宝珀1735"全手工机械表,全球只限制生产三十块,我怀疑是冒牌。

207

接着，我掏了掏"他"沉甸甸的口袋，里面竟然还装着一个彩屏手机。

我站起来，用它拨一个朋友的手机号码，竟然通了。

那位朋友叫张虹，她客气地问："喂，哪位？"

"是我，周郎。"

她大呼小叫地说："你拿的这是谁的手机呀，号码这么怪！"

我说："别人的，我只想试试。"然后我就把电话挂了。张虹聊起来就没完没了，我不敢和她纠缠。不过，她心直口快，是个皮实的女孩，我只有对她才这样招之即来，挥之即去。

我把手机放回"他"的口袋，继续往前走。

现在，我觉得这个展览有意思了。我一个接一个地摸那些蜡像的口袋，像小偷一样兴奋。

我偶尔发现一个问题——每个蜡像的右手和鼠标都是一体的，好像那鼠标是从手上长出来的一样。

发现这个问题之后，我察觉到关里不见了。他在我前面，走得太快了。这家伙的乐趣仅仅在于占便宜，对艺术的兴趣还不如我大。

我喊了一声："关里——"

展厅里的回声很大，好像还有一个我，在一个我看不到的地方喊关里。那个虚假的声音同样没有血色，性质就像这些蜡像。

我没听到关里的回答。

我有点儿紧张起来，快步朝前走，想追上他。

前面只有无穷无尽的蜡像，它们基本上都是无神地目视前方，我得经过所有的视线。我忽然有一种怯场的感觉。

电话突然响起来，我立即站住脚，掏出来接听。

这时候我旁边是一个女孩，大约十五六岁的样子，她张大嘴笑着。也许是她的嘴唇太红了，也许是她的笑在这个夜里有些不适宜，总之，看上去她显得有些狰狞。

是张虹打来的，她说："刚才接电话的那个人是谁呀？"

一丝阴影从我心头飘过，我问："怎么了？"

她不满地说："你挂了后我又打过去了，他的态度怎么那么恶劣？"

我一惊："他说什么了？"

张虹说："我问他，刚才打电话的那个人去哪儿了，他粗声粗气地说，他走了！然后啪地就把手机挂了——他到底是谁呀？"

"别问了，反正你不认识。"

"哎，我正想叫你来看一些好玩的东西呢……"

"好了，我有急事，回头再给你打电话。"说完，我又把电话挂了。

张虹堵住了我的一只耳朵，很危险。在这个阴森的展厅里，我得保持听觉十足的灵敏。

我警觉地回头看了看，一个个蜡像木然站立，没有任何异常。我快步朝前走。

一直没看见关里的影子。

这个光秃秃的环形通道是藏不住人的，难道他已经出去了？

我突然怀疑他是不是藏在哪个蜡像的后面了，也许，等我走过之后，他会从后面跳出来吓我一跳……

我开始打量那一个个蜡像。

终于我看见了他的衣服——白色 T 恤，上面有一只碧绿的兔子图案，下面穿一条黑色牛仔裤，一双黑色休闲鞋……

我朝上看了看，却是一张蜡像的脸。

我一下子有些发蒙。

我觉得关里是在跟我开玩笑，但是我一时没有想清楚是他把衣服套在了蜡像身上，还是他戴上了一个蜡像的面具。

我怔怔地看着眼前这张毫无血色的脸，它却丝毫没有开玩笑的意思，一直木木地看着前方。

我和"他"就这样对峙了好长时间。

不知道旁边哪个蜡像戴着表，我听见一个声音在提示我："滴答滴答滴答……"

这样下去是没有结果的，我忽然希望事态扩大化，就躲开"他"的

209

目光，转到了"他"背后，伸手摸了摸"他"的肩。

直觉告诉我，这是一个真正的肉身！

我抖了一下，把手缩回来。

"他"突然说话了，是关里的声音："其实，我也是这些蜡像中的一员。"

我一下子跳到"他"面前。

"他"毫无表情，依然木木地看着前方。

我马上想到这是一个需要观众参与的所谓行为艺术作品，也许，哪个地方藏着监视器和广播……我忽然有了一种被耍弄的感觉。

我又愤怒又恐惧，现在，我惟一能做的就是赶快离开，并且暗暗发誓，下次就是倒找钱我都不来了。我可是一个有记性的人。

前边的通道耐心地弯曲着，看不到尽头，我甚至怀疑顺着这条通道能不能走出去。

我折了回来。

相反方向的通道同样弯曲着，看不到尽头，蜡像无尽无休。

我想了想，还是返过身，继续朝前走——我不愿意再见到那个口袋里装着手机的蜡像。

我感到孤立无援了。

我想，这时候如果跟一个同类说话，心里也许会平静一些……

我掏出电话，拨张虹。

电话通了，她咋咋呼呼地说："是周郎？我正等你呢。"

"你在哪儿？"

"我在一个展览馆。"

"展览馆？"

"对呀，这里有很多蜡像……"

怎么到处都是蜡像？

我正疑惑，突然停住了脚步——前面那些一个挨一个的蜡像中，有一个正在打电话，除了脸，"她"的声音，身材，发型，服饰……都和张虹一模一样。

　　"她"没看到我，还在继续说："特好玩儿，所有的蜡像都长得跟我一样，你快过来吧！"

　　我喃喃地说："是啊，我看到你了……"

　　她听到了我的声音，猛地转过头来。

　　那是一张苍白的脸，直直地看着我。

　　这时候，展览馆里的灯一下子全灭了，四周一片黑暗。

　　张虹的声音在黑暗中响起来："周郎，是你吗？"

　　我屏住呼吸，不说话。

　　"她"突然"咯咯咯"地笑起来："你怎么也长成了我的样子？"

　　我下意识地摸了摸自己，却摸在了一个蜡像的脸上。

　　我知道，也许是内容，也许是形式，总之我已经变了，我被卷进了这个诡秘的通道里，像时间一样不可逆转。现在，我必须找到出口，冲出去，仰头看一看天上的星光。

　　我扔了手机，在黑暗中一步步后退，却撞在了一个东西上。那似乎是一个软乎乎的肉身，但是这骗不了我，我小心地躲开，朝旁边走，刚一迈步，又撞在了一个东西上。我悚然一惊，急忙朝反方向走，结果还是撞上了一个东西……

我忽地明白了，是有人在阻挡我。

我小心地伸出双手摸了摸——四周竟然都是蜡像的脸！我放弃了努力，一动不动了。我想，门口那个检票员发现停电了，肯定会跑进来找人，我希望他马上出现，把我拖出这一个噩梦。

可是，检票员没有出现，电却来了。

我立即发现，我已经被编排在了蜡像中间。我的手里也长出了一只鼠标，鼠标线插进了右边那个蜡像的脑袋，而我的脑袋插进了左边那个蜡像的鼠标线。

我发现身旁这个蜡像的体态和服饰有些眼熟……我徒然绝望了，哆哆嗦嗦地问："你是检票员？"

"他"慢慢转过脸来，喜笑颜开地说："不，我是艺术家。"

寻找掉进圈套的原因

赏析／刘庆儿

圈套，明知是圈套，可奇怪的是，人们总是有意、无意地争先挤进去。小说中的"我"也在无意之中进了蜡人"艺术家"的圈套。这种"无意"其实是我们"有意"造成的。

人的七情六欲里少不了一个"贪"字，就是这个小小的字眼，使人们"无意"走进"有意"的圈套里。造物弄人，它赋予世俗万物的同时，又给他们添上贪念，是想磨炼一下我们呢？还是想让我们走进找不到出路的奇怪圈套？看来，这只有我们自身才能回答。

科学是有生命力的，它伴随着人类的发展而不断生长。

老子幽灵汽车

●文/吴 岩

幽灵汽车肇事

"这完全是真的吗？"

退休老警察马思协从一摞厚厚的卷宗上抬起头来，摘下眼镜。

"完全是真的。"

站在他对面的警察局的青年警官搓着手回答。这个小伙子是第一次为马思协送文件，但他早就听说过马思协的传奇故事。

"幽灵汽车，无人驾驶，闯来闯去，而且……有时候还能隐形？"马思协站起身来，显得对卷宗中的东西不屑一顾，"这不是天方夜谭吗？"

他走到窗前，从四十二层高楼向下面的公路望去。恰在此时，一辆白色的流线型水滴体轿车飞快地冲向警察局大楼，在将要撞上大楼的一刹那，那汽车在众目睽睽之下，像云雾一样消失不见了。

他慢慢地转过身，对那个不断搓手的青年警官点了点头。

"孩子，把卷宗放在我这儿吧，告诉你们局长，我接下这个案子了。"

"太好了！"小伙子转身就要离开，马思协又叫住了他。

"你见过幽灵汽车吗？"

小伙子摇了摇头。

马思协笑了。然而，他笑得很僵硬，因为他刚刚见过了幽灵汽车的表演。

二十七宗案件

卷宗有九百五十页，完整地讲述了关于幽灵汽车的二十七宗案件。这些案件的持续时间前后长达二十三个月。

最早发现幽灵汽车的是海东市的宏马桥海关。他们报告说，在一批进关的车辆中有一辆可疑的白色汽车欲强行闯关。在警察出动武装堵截的时候，这辆流线体小轿车突然"化作一股青烟消失了"。

宏马桥海关立刻向国家海关总署、公安部和国家安全局做了汇报。公安部门也为此进行了全国性的通缉。

此后，幽灵汽车不断在全国各地的大小城市出现，它的玻璃是不透明的，看不清里面坐了几个人，也不知道它在什么地方加油维修。公安部门对全国所有的加油站三令五申，一定要扣留这辆汽车。这辆车常常在人口稠密的地方出现，引起了不小的混乱。

它想干什么？它的操纵者到底是谁？它又是用什么样的办法在众人面前突然消失的呢？

透过玻璃的缝隙

警察局的小伙子又出现了。这一次，他送来了最新的资料，一张幽灵汽车的照片。这是一个摄影爱好者无意中拍摄下来的。照片里的幽灵汽车正全速从镜头前通过，在底片上留下一道道运动的印痕。

马思协用放大镜翻来覆去地仔细研究着照片。然后，他抬起脑袋。

"小伙子，我想请你再跑一趟。"

"没问题。您想做什么？"

"去局里的技术科。我要一张这里的放大片。喏,这儿……"他指着照片上汽车车窗的地方,"要各种不同对比度的放大照。"

小伙子凑了过来。

"天哪,您真行。您是怎么看到这玻璃窗处的小白斑的?这也许是太阳的反光。"

"不是反光,孩子,那是闪光灯特别亮时直射玻璃造成的效果。这下子我们终于得到车子内部的情况了。快去把它做出来。"

一个小时之后,放大的照片送到了马思协的手中。恰如他所预料的,车子是无人驾驶全电脑控制的。然而,最让他惊奇的是,车子的座位上有一本打开的书。

马思协又取出了自己的放大镜。他逐字逐句地仔细辨认着,然后,一个字一个字地念道:"道常无为而无不为,侯王若能守之,万物将自化……天哪,这是……这是老子的《道德经》嘛! "

突然,他茅塞顿开,抓起了电话听筒:"请给我接香港清水湾靓龙小区 M 楼 C 座五〇二号的房顺理先生,对,非常紧急! 他的电话是八五二……"

道 的 精 灵

香港的电话挂断之后,马思协才重新注意到警察局派来送照片的小伙子。他朝小伙子笑了笑,然后耸耸肩。

"我想,该是咱们去逮住幽灵汽车的时候了。"

"逮住? 您知道这车子下一次会出现在哪儿? "

马思协又笑了。

"我不知道,可它知道! "老警察走到书橱跟前,取下一本装订很好的书。

"这是春秋战国时期老子写的《道德经》,是一本哲理非常深刻也非常奇怪的书。几千年来,每一个读它的人都能从中学到哲理。现居香港清水湾的房顺理先生是我的老朋友,他可能是目前中国研究《道德经》之最。他刚刚在电话中肯定了我的想法，你猜怎么样，正是房先生的那辆最先进的电脑汽车偷偷地解开了《道德经》的秘密，从中学会了使用宇宙中能量的办法。这汽车是偷偷阅读《道德经》的，但它一下子就破译了其中的含义，了解了'道'的本源。你知道，'道'是《道德经》的中心内容，它到底是什么，学者们有许多推测，有人说是一种气，有人说是事物的规律性，有人说是宇宙的运转法则。不过，幽灵汽车上的电脑的理解一定比这些解释都更进一步，因为它可以利用'道'的力量，使自己神秘地产生和消失。"

"简直不可思议！"

缉捕行动

那一天傍晚的时候，幽灵汽车再度出现在交通繁忙的二十五号路口时，一股强大的信息流被发射了出去，这组由无线电、微波等各种射线组成的信息流打乱了幽灵汽车内电脑的正常运作。于是，被追捕了近两年的流线体的神秘幽灵汽车第一次失去了正常控制，在十字路口徘徊不前。在它还没来得及调整自己的内部系统的时候，警察快速反应部队撬开了车的外壳，以最快的速度中止了电脑程序的运行。

马思协没有参加当天晚上的缉捕，他正陪着从香港赶来的房顺理先生参观自己的办公室。

"你真的相信这车子破译了《道德经》中的宇宙秘密吗？"

"千真万确。"马思协边回答，边从椅子上站起来，走到窗前，"否则，它怎么会瞬间消失又瞬间出现呢？"

"你不觉得这和今日的科学理论相抵触吗？"

马思协转过脸说道："老朋友，现代科学是一个发展着的复杂知识系统的总称，它必须不断地发展才有生命力。有人以为科学是死的，不可动摇的，这其实是些不懂科学的傻瓜的想法。我一点儿也不担心科学会迅速发展。让我奇怪的倒是……"他顿了一下，"几千年前的古代哲学家老子是怎么知道这一切的。"

房顺理先生答不出来。

他们相对无言地在高楼上向下望了很久很久，城市在夕阳的照耀下像一团燃烧的烈火。

"我们生活在一个充满神秘和奇迹的时代呀！"

老子的科学经

赏析／刘庆儿

什么？几千年前的古代哲学家老子的《道德经》是一本关于宇宙秘密的科学经？这……这怎么可能？

就是有这个可能，幽灵汽车不就是破译了《道德经》而可以随时消失吗？现代科学是一个发展着的复杂知识系统的总称，它必须不断地发展才有生命力。科学是有生命力的，它伴随着人类的发展而不断生长。从人类出现的那一刻，科学便产生了，因而，老子的科学经是存在的，而且存在于我们的身边。

我们的社会瞬息万变，科学也日新月异，作为新时代的我们，应该把握每一个机会，发现科学，探索科学，研究科学。这样，科学才能健康地"成长"。